軍事大国ロベルディの女王
クラリーチェ・ネスタ・
デ・ロベルディ
愛妻家で苦労人な公爵
マウリシオ・
フロレンティーノ
貴族学院の首席で
王太子の元側近
カリスト・
フロレンティーノ

記憶喪失の公爵令嬢
アリーチェ・
フロレンティーノ

CONTENTS

Only I don't know

Author Ryouga

Illustrator Kinokohime

私だけが知らない1

綾雅

BRAVENOVEL
ブレイブ文庫

第一章　何も覚えていないの

ふわりと意識が浮上する。快適な目覚めには程遠く、吐き気や気怠さが重く残った。目を開いて、一度閉じる。

柔らかそうな薄布で囲われたベッドの周りに、誰かいるようだ。緊張しながらゆっくり、音を立てないように様子を窺った。動いたら起きていることがバレる。なぜか、それが悪いことに思えた。

前触れなく天蓋の布が引かれ、びくりと肩を揺らしてしまう。

「っ、起きておられたのですね。失礼いたしました」

柔らかな女性の声に薄く目を開けて確認する。紺色のワンピースの上に白いエプロン姿の女性は、黒髪の頭を下げた。その後ろに、男性が二人いる。

全員、見覚えはなかった。

「起きたのか？　アリーチェ、悪かった。愚かな父を許してくれ」

「リチェ？　僕だ。顔を見せてほしい」

謝罪と要望、どちらも怖いと感じる。がっちりした筋肉を纏う男性は、父と名乗った。胸元に階級章らしき飾りが揺れている。隣はもっと若い。

何か言ったほうがいい？　でも何もわからない。困惑して沈黙を選んだ。その様子に何かを確認し合うように二人は頷く。それからベッド脇に膝をついた。

先ほどのエプロンの女性は後ろの壁際まで下がった。どうやら使用人のようね。

「俺を恨むのは当然だが、話をさせてくれないか？」

謙《へりくだ》るような口調で父と名乗った男性、その隣で若い男性も似たような言葉を発した。

「兄なのに、リチェを疑ってしまった。償いがしたいんだ」

父と兄、ならば私の家族なの？　アリーチェって私の名前？　リチェは愛称だとして、なぜ謝っているのかしら。

混乱はさらに深まるばかりだった。震える手で上掛けを引っ張る。その手首はやたらと細く、骨や筋が浮き出た状態だった。まるで何日も寝込んだあとのような、異常さを感じる。

指先に力がうまく入らない。ぐっと拳を握った手の爪はやや長く、手入れが行き届いているとは言えなかった。病で寝込んだとしても、爪の手入れくらいできるはずなのに。

肌の色も悪い。判断基準がわからないのに、なぜか……恐ろしさを覚えた。殺されると本能が叫び、恐怖が全身を貫く。

身を起こしシーツの上で後ずさったら、すぐに息が切れた。

「アリーチェ……」

縋るように名を呼ぶ父らしき男性に、おずおずと口を開いた。けれど喉が渇いて痛み、ごくりと唾を飲む。その仕草に若い男性が指示を出し、エプロンの女性が近づいた。

手渡されたコップの水を確認して口をつける。冷たくも温かくもない、常温の水だった。

じっと見つめて確認し、濁りや不純物がないと納得して、ほっとする。

一口、飲むたびに潤っていくのがわかる。体中が乾燥して水を求めていたのだと、染み渡る感じが伝わってきた。一気に飲み干したい気持ちと裏腹に、一口含んだだけで動悸がする。ゆっくり時間をかけて、味わうように飲んだ。

欲しいと思う気持ちより、苦しい体の悲鳴に従う。半分飲んだところで、コップを女性に返した。

「つ……だ、れ？」

絞り出した声はしわがれ、年寄りのようだった。その声に、兄だという若い男性が涙をこぼす。尋ねた言葉の意味を理解し、父と思われる男性が目を見開いた。

「覚えて……いない？」

こくんと首を縦に振る。その動きに、二人は顔を歪めた。申し訳ない気持ちが浮かぶが、本当に何も覚えていない。二人が家族だという認識や記憶も、私のいる部屋さえ、何もわからなかった。

「安心しろ、もう二度と傷つけさせない！　俺達が守る」

言い切られた言葉に、頷くこともできない。私に何があったのだろう、そしてアリーチェという名前は本当に私のものなの？

ベッドの上の私に、二人は泣きながら謝り続けた。謝られる事情がわからないので許すこともできず、私はただ痩せた手を預けたまま謝罪を聞くだけ。

天蓋の薄布の向こう、暗闇の窓が目に入った。ぶるりと身を震わせる。闇をとても恐ろしく感じた。

数日経っても、何も思い出せなかった。だが父と兄はそれでいいと言う。家族構成に母は含まれず、幼い頃に亡くなったと聞いた。

彼らを見ても懐かしさは感じない。けれど、嫌悪感もなかった。ただ、じわりと胸が締め付けられるだけ。その痛みの意味がわからず、私は部屋に閉じこもった。

外へ出たいと思わない。怖いから、扉の向こうに興味はなかった。目覚めた時にいたエプロン姿の女性は、我が家の侍女らしい。母が早くに亡くなり、家事を取り仕切ってきた人のようだ。テキパキと掃除や私の世話をこなす。

私が拒めば黙ってしまう父や兄と違い、彼女は散歩や屋敷内を歩くことを勧めてきた。足腰が弱って歩けなくなる、と心配そうに眉を寄せる。外見年齢は父と兄の間くらい？　三十代後半くらいかも。サーラと名乗った彼女は、姉のように親身だった。

「あの……サーラ、忙しくなければ、その……屋敷の中を案内してくれる？」

自室の中を歩けるようになった私は、恐る恐るサーラに頼んだ。部屋を片付ける彼女はぴたりと動きを止め、それから嬉しそうに笑う。厳しい表情が多いけれど、こんなに優しそうな笑顔なのね。

「もちろんです、お嬢様。参りましょう」

着替えを済ませて深呼吸した。部屋の外には、父のつけた護衛が立っている。騎士の視線を避けるため、頭にヴェールを被った。これはサーラの提案だ。手を引かれてゆっくり、数歩進んでは立ち止まる。焦れったい動きにも、手を繋いだサーラは文句を言わなかった。

知らない侍女が頭を下げる。視線を避けて俯いた。

なぜかしら、すごく怖い。他人の視線が恐怖だった。後ろを離れてついてくる騎士の足音も、涙が出そうなほど怖いの。理由のわからない恐怖に震えながら、必死で前に進んだ。

長い廊下の先、突き当たりにバルコニーがあった。大きなガラス扉を開いて、手すりに身を預ける。しがみつくような姿勢で、深呼吸した。

窓から見て知っていたけれど、ここは二階だ。広がる庭は低く、色鮮やかな絨毯のようだった。

思ったより風がぬるい。そう感じた自分に疑問を持った。私の知る風はもっと冷たかったの？　ならば季節は冬だったのかしら。今は春を過ぎて初夏に差し掛かっていた。庭の木々が鮮やかさを増し、花々が誇らしげに色を競う。

感じた違和感を振り払うように、足腰に力を入れた。ここからまた部屋に戻らなくては……そう思うのに、踏み出す足は震えていた。ぷるぷると頼りない膝から力が抜ける。

「お嬢様？　急に動きすぎたでしょうか」

心配そうにサーラが支えるも、後ろに尻餅をついた。その上に覆い被さる形で、私は倒れ込む。

「ご、ごめんなさい……すぐ、どくから」

体を起こそうとするも、力が抜けていく。どうしよう、半泣きの私を見かねたのか。若い騎士が手を伸ばした。

「失礼いたします。私がお運びしても？」

金茶の髪を持つ騎士が膝をついた。逞しい腕が差し出される。その腕に助けてもらおうと思うより、恐怖が先に立った。

「ひっ……い、や……こな、で」

伸ばされた男性の大きな手、剣を扱う稽古でついたタコ、大きな体の影。すべてが恐怖を増幅させた。近づかないで、触れないで。私をどうするつもりなの⁉

叫びたいのに、喉に声が張り付いた。そんな私を、サーラが慌てて抱きしめる。後ろに下がるよう騎士に頼み、背中をぽんぽんと叩いて落ち着かせてくれた。

「大丈夫です、お嬢様。今度こそ、私がおそばにおりますから」

今度こそ――その言葉が気になったけれど、私はここで気を失ったみたい。何も聞けないまま、ただ時間だけが過ぎていった。

最初に目覚めてから、もう半月近く経つ。ようやく屋敷の二階は歩き回れるようになり、体力もついてきた気がする。出された食事はできるだけ多く食べ、歩いて足が弱るのを防ぐ。簡単なことばかりだけど、今の私には重労働だった。

護衛の騎士に怯えた話が伝わったのか、彼らは離れて警護するようになった。見える位置にいるけれど、手を差し出されることはない。転んだ時に驚いた声が聞こえたことはあっても、普段から話しかけたりもしない。その距離感が安心できた。

あの日の金茶の髪の騎士は、今も遠くから見守っている。仕事で腕を伸ばしただけなのに、怖がるなんて悪いことをした。きっと気分を悪くしただろう。

そう思う反面、やっぱり触れられるのが怖い。

初めて廊下を歩いたあの日、私は大きな男性の手に怯えた。

近づかないで、触れないで、私をどうするつもりなの……心でそう叫んだ。つまり、記憶にない昔の私に危害を加えた騎士がいるという意味だった。

大柄な体で押さえつけられたのか、殴られた？　詳細は不明だった。

訪ねてきた父や兄に尋ねても、首を横に振るだけ。ならばと、別の情報を求めた。

私の名はアリーチェ、記憶がない。

ここは貴族の屋敷で、侍女を雇う余裕がある。少なくとも伯爵家以上かしら。生活に必要な知識に欠けはなく、部屋の本を読むこともできた。読んだ内容も思い出せる。記憶能力に問題はなさそうね。

貴族家の慣習や礼儀作法も、自然と浮かんできた。私は使用人ではなく令嬢なのだろう。

これらの情報を纏めると、それなりの家格の貴族令嬢である私は、騎士かそれに類する大柄な男に危害を加えられた経験があり、記憶をなくした。

記憶の喪失と危害の間にある因果関係は不明。生活に関する能力や記憶はあり、骨が浮くほど痩せた状態だったことから、軟禁か監視されていた？

爪の手入れが不十分だったことは、意外な人からの指示と判明した。診察する医者よ。体調を判断する材料として爪を切らないよう、医者の指示が出ていたという。寝ている間は困らないので、目が覚めたら切ればいいと周囲も納得した。

虐待や放置ではなかったみたい。

食事に嫌悪はなかったし、食べても吐き戻そうとしなかった。だから自分で食事を拒んだ可能性は低いと思う。纏めたことを日記帳に記した。この日記帳は、侍女サーラに頼んだら用意してくれたの。新品を――ね。

すごく意味深だわ。

新しい日記帳を手にした私は「これは違う」と感じた。つまり元々私がつけていた日記帳ではない。どこかへ片付けられたか、紛失したのか。問おうとして口を噤んだ。もしかして、私に読ませたくない内容が書かれていたら？　言及したために処分されたら困る。

今日の散策……廊下の往復を終わらせた私は、日記帳を広げた。

赤い表紙に金色の装飾が施されている。豪華な装丁から感じるのは、この家がさほどお金に困っていないこと。インクを付けたガラスペンを手に、さらさらと記載していく。

文字は書けるし読める。文法もおそらく問題ないでしょうね。少し装飾の多い文字は若い女性特有の癖かしら。私はこういう文字は好まない気がする。違和感を覚えたら、すぐにそれも記載した。あとになると忘れてしまう。そんな恐怖がつきまとった。

これ以上記憶が失われる未来を想像するだけで、恐ろしくなるの。

「お嬢様、旦那様から夕食をご一緒したいと連絡がございました」

「……そう、ね。行くわ」

昨日まで断っていたけれど、現状維持をしてもこれ以上新しい情報は手に入らない。ならば一歩ずつ外へ踏み出すしかないわ。怖いけれど、どうしてもダメならサーラが助けてくれるはず。不安を滲ませた視線を向ければ、彼女はほわりと微笑んだ。

「ご安心ください、近くに控えております」

この笑顔に嘘はないと思う。いいえ、思いたい。だって誰一人信頼できないのは、悲しいことだから。

貴族令嬢って、こんなに孤独なのかしら。常に他人との距離をはかって、不安に胸を押し潰されて暮らす。何かの罰みたいだわ。

私は夕食用の着替えを選ぶサーラの後ろ姿を見ながら、ぐっと拳を握った。

まだ大丈夫、私は頑張れる。だって――だもの。

ふと浮かんだその言葉はするりと溶けてしまい、慌ててかき集めても戻らない。今、なんて思ったの？

自問自答する私の前に青紫のドレスが運ばれてきた。

「こちらはいかがでしょう」

じっと見つめて頷く。

ああ、さっきの言葉は完全に消えてしまった。淡雪のように一瞬で、跡形もなく。気にかかるのは、以前の私の口癖では？　と思ったからよ。自分を鼓舞するように、突然浮かんだ。でも誇らしさはない。

あまりいい言葉ではなさそう。

食堂へ入ると、すぐに歩み寄った兄が手を差し出した。下から手のひらを上にして、何も持っていないと示す所作だ。確認して、そっと手を重ねた。

今は一つ一つ確認している最中だ。なんでも判断の材料や資料になる。

下から差し出される手に恐怖心はない。安心しながら席に着いた。執事らしき制服の男性が椅子を引き、静かに腰を下ろす。これも平気だわ。

怖ろしいのは大柄な騎士だけ、と記憶に刻む。

「お待たせいたしました」

すでに席に着いていた父と、エスコートした兄に声をかける。問題ないと頷く父は、感極まった様子で目元を隠した。兄も眉尻を下げて、泣き出しそうな表情を浮かべる。

「運んでくれ」

合図を出した当主である父の言葉から、晩餐は始まった。スープ、サラダ、魚料理、口直しの一品が出てから肉料理。パンも含め、違和感はない。つまりこのレベルの食事が、日常だったのだろう。

やはり作法は身についており、カトラリーも普通に扱えた。不安になって、父や兄の手元を確認する仕草もない。言葉遣いや挨拶と同じで、何一つ不安はなかった。身についた所作は私を助けてくれる。

「アリーチェ、不自由はないか？」

「はい、お父様」

「食べたいものや欲しいものがあったら、すぐに用意するから」

「ありがとうございます。お兄様」

そこで気づいた。

私、この人達の名前も知らない。本当に家族なのかしら。なくした記憶より先に、確認したほうがいいわ。

ごくりと喉を鳴らし、目の前に用意された紅茶に口をつけた。いえ、口元へ運んだ途端……かたかたと手が震える。抑えが利かなくて溢れそうになったところに、後ろから助けが入った。

「お嬢様、失礼いたします」

サーラだ。彼女の手が私の手首を支え、紅茶のカップを優しく取り上げた。ソーサーへ戻して一礼する。お陰で零さなくて済んだ。

「……ありがとう、サーラ」

お茶はいい香りだったし、見た目に異常はなかった。水色《すいしょく》も混入したらしき虫もない。なのに、ひどく恐ろしく感じた。

「っ、やっぱり！」

「黙れ！　カリスト、思い出させる気か」

何か心当たりがある兄と、それを止める父。どうやら私に記憶を取り戻してほしくなさそうね。この二人は敵ではないけれど、味方でもない。他の使用人と同じ位置付けだった。

「お父様」

「なんだ？」

「我が家の家名やお父様達のお名前を教えていただけますか？　何も知らなくて、怖いのです」

同情を誘うように俯いて、小声で願い出た。このくらいならば叶えられるだろう。そう踏んだ私の思惑通り、紅茶を遠ざけた父は口を開いた。

「ここはフェリノス王国で、お前はフロレンティーノ公爵家の娘だ。父である私はマウリシオ、これは息子のカリスト。お前の兄にあたる」

「ありがとうございます」

先ほどの紅茶の動揺はなかったように振る舞った。公爵家ならば、当初の想像より地位は高い。豪華な晩餐も、大きな屋敷も理由がつく。

まだテーブルに置かれたままの紅茶を見つめた。この時点で恐怖はないのに、何が怖かったの？　飲むこと、紅茶の種類、またはカップの色？　原因がわからないので色や模様を記憶して、日記帳に記録しようと決めた。

どんな小さな手掛かりでも、いずれは真実に辿り着く鍵となるでしょう。

部屋に戻って、赤い日記帳を開いた。新しい頁《ページ》にペン先を置く。すらすらと書く文字は、シンプルで装飾もない。ただ読みやすいだけの文字だった。

試しに、別の紙へ装飾文字を記す。そちらも違和感なく書くことができた。普段使っていたのだろう。誰かに手紙を書く時かしら。日記で使う理由はないので、書きやすく読みやすい文字で続きを記した。

平坦な日常を淡々と箇条書きにする。一般的な日記とは違うけれど、これはこれで記録になるわ。日記帳に向き合う時間は、日課だったかのようにしっくりきた。やっぱり以前から日記を書いていたはずよ。時間を見つけて探してみましょう。

この時点で、父や兄に尋ねる選択肢はなかった。公爵家での私の立ち位置がよくわからない。将来、有力な相手に嫁がせる道具なのか。それとも親しく居心地よい家族だったのか。突き詰める勇気がなく、私は日記帳の中に感情を置いて表紙を閉じた。

あれから毎日夕食に合わせ、家族が集まるようになった。

少しずつ情報を集めていく。

母親の亡くなった時期は私がまだ赤子で、覚えていなくて当然らしい。兄は貴族が通う学院で首席の優等生であること。父は武芸に秀でており、騎士団長とよく手合わせをすること。この国の王族の質問は話を逸らされ、誤魔化《ごまか》された。

公爵家は王家の血を引く親族のはずなのに？　主君である王家の話をしないのは、私の記憶喪失と因果関係がありそう。ここまで記して、ペンを置いた。

数ページ捲って、以前書いた情報を確かめる。頭に叩き込んでおきたい。

紅茶のカップを口元へ運んだ私が拒否反応を示したのは、カップの色形ではなかった。サーラの話では、以前は紅茶を毎日口にしていたらしい。特に嫌う理由も思いつかないそうだ。茶葉も貴族なら一般的な種類で、公爵家では普段から出されていた。

香りも味も親しんだ紅茶に怯えたなら、毒殺未遂でも経験したのかも。それなら記憶障害が出てもおかしくないし、痩せ細るほど長い時間眠り続けた理由も納得できる。こういった教養や日常動作の記憶は残っているのに、個人的な記憶は消えていた。

私は名前や周囲の状況、家族、目覚めるまでの何もかもを覚えていない。医学関係の本を借りて読んだが、記憶喪失で間違いなさそうだった。体が覚えたマナーやダンスは問題ないし、刺繍や文字も覚えている。

忘れたのは個人的な部分だけ。

ならば忘れたい理由があったのか。外的な要因で忘れるほどの衝撃が与えられた、とか。

公爵令嬢の地位を考えると、私に危害を加えることが可能な人物は王族でしょう。そして、父と兄は王族の話を避けた。方程式を書くようにここまで解いて、私は溜め息を吐く。

一番嫌な方向へ進んでいる気がした。これでは理由がわかっても、復讐や報復ができそうにない。それに記憶が戻らないほうが、家族にとって都合のいい可能性も出てきた。

「サーラ、私……思い出さないほうがいいのかしら」

ぽつりと零れた言葉に、彼女は目を見開いた。用意した薄緑の水色《すいしょく》のハーブティを差し出し、迷いながら視線を伏せる。

「旦那様やご子息様はどうお考えか存じませんが、私は思い出していただけたら……と思います。自信に満ちたお嬢様が好きですから」

好きでした、そう過去形にされなかったことに目の奥がツンとする。

彼女は今でも昔の私を認めている、そう思えた。だから愚痴のように漏らした言葉に、真剣に返してもらった事実に感動する。

「ありがとう」

声は震えなかったかしら。涙声になっていない？　心配だけど、それ以上に嬉しくて。きゅっと唇を噛んだ。

白磁に青い小花の描かれたカップに口をつけ、ハーブティを飲む。恐怖も震えもなかった。紅茶がダメなのね。飲んだハーブティの美味しさも含め、日記帳に記載しましょう。

ふと、気になった。サーラは父を「旦那様」、兄を「ご子息様」と呼んだ。その流れだと私は「ご令嬢様」ではないの？　若様と呼ぶなら、お嬢様でもいいけれど。私だけ親しみがあるように感じる。見上げた視線の先で微笑むサーラを手招きし、向かいに座ってもらった。

違和感がない。きっと何度か一緒にお茶を飲んだのかも……。

「お茶に付き合ってくれない？　サーラと一緒だと落ち着くの」

私の我が侭《まま》だから、そう付け加えると彼女は柔らかく目を細める。懐かしむような所作に、早く彼女との思い出を取り戻したいと願った。

数日後、庭先で花弁の小ぶりな百合を摘んだ。香りが強いため、部屋に飾ることの少ない百合だけど気に入ったの。サーラがハンカチで包んでくれた。薔薇のような棘《とげ》がない花なので、顔に近づける。

とても良い香りがした。見回すと色違いで百合が何種類も植えられている。

「誰か、百合が好きなの？」

ぽつりと呟くと、サーラは優しい目で教えてくれた。

隣国から嫁いだ母の思い出だ。アレッシア・デ・ロベルディの名を持つ母は、自らの紋章に選ぶほど百合が好きだった。国を越えて嫁いだ妻を愛する父が、寂しくないようにと百合をたくさん植えたエピソードに驚く。

「お父様はロマンチストなのね」

「奥様を心から愛しておられたと思います」

周囲から見ても仲が良く、常に気遣っていた。私を産んで体調を崩し、早くに亡くなった母の話を知りたい。そう伝えると、肖像画の存在を教えてくれた。

見たいと強請《ねだ》り、サーラの案内で屋敷の中に戻る。途中で彼女は花瓶を手配した。

金髪の美しい女性が描かれた肖像画は、赤い瞳が印象的だ。射貫かれそうな眼差しは真っすぐで、伏せたら柔らかな雰囲気になるだろう。優しそうな人……これが最初の印象だった。

「奥様はお嬢様の誕生を、それは喜んでおられました」

サーラは私から受け取った百合を花瓶に活けて、肖像画の前の床に置いた。香りがふわりと立ち上り、母の印象と重なっていく。

「母はどんな人だったの？」

「優しくたおやかな印象ですが、気の強いお方でした」

サーラは懐かしむように目を閉じ、両手を胸元で重ねた。その口元は笑みに緩み、幸せそうな笑顔になる。

この国に嫁いですぐ、ある侯爵夫人と揉めた。小さな出来事で、公爵家としては無視して押し通しても構わない程度の文句。それを正面からきっちりと正した話に驚いた。

見上げる母の絵は若く美しいが、強さは感じない。元王女の肩書きから、言い負かされる弱い人とは思わないけれど。

「ふふっ、実は少しお転婆《てんば》でした」

思い出し笑いをしたサーラは、私を妊娠したばかりの頃の話を始めた。

仔馬を貰った幼い息子と牧場へ出向き、川に足を浸して遊んだ。慌てて止める侍女の目をかいくぐり、木登りまでしたとか。

「帽子が風に飛ばされて、取り戻したかったそうです」

侍従に任せればいいのに。牧場なら、下働きの人もいたでしょう。なのに母は自分で動いた。

おそらくロベルディ王国にいた頃から、同じことをしていた？　王女らしくない振る舞いだけれど、人間らしくて好ましいわ。

　顔と名しか知らない母に、親近感を覚えた。


　どうしても外せない夜会がある。お父様はそう言って、お兄様を伴い屋敷を留守にした。この頃は家族で夕食を食べていたため、広い食堂が寂しく感じられる。

　仲間外れにされた気分だわ。

「外せない夜会って何かしら」

　肉を細かく切りながら、ぽつりと呟く。食べるため以上に切った肉は、バラバラになっていた。行儀が悪いのを通り越し、心配されてしまう。

「お嬢様」

　いけません、そんな叱る響きに慌てて肉に向き直る。細かくなった肉をナイフでフォークへ寄せ、掬うように口へ入れた。残った肉も大急ぎで口に運んだ。

　不安そうな給仕の表情から、味が気に入らないと思われたみたい。料理人が気に病むといけないわね。

「とても美味しいわ。ありがとうと伝えて」

　私一人分だけ用意するなんて、面倒だったでしょうに。そう笑って料理人を労《ねぎら》う。

　私が紅茶を前に怯えたあの日、料理場は大騒ぎになった。毒の心配や食中毒……口に入る料理は、騒ぎになる要素が多すぎる。事情を察したサーラが収めたようだけれど。

使用人が働きやすい環境かどうかは、主《あるじ》によって左右される。私達が揺らぐと、彼らも不安になるわ。

食後のお茶はハーブティが定番になった。時折、輸入品の珈琲《コーヒー》が出ることもある。どちらも美味しく頂けるので、問題はなかった。

父と兄は社交の場である夜会に向かう。まだ回復していない私は、待つよう指示された。そこに違和感はない。

でも貴族令嬢なら、今後はお茶会の誘いが入るはず。その時、紅茶が飲めない公爵令嬢はどうしたらいいの。紅茶を出されるたびに悲鳴を上げるわけにいかず、何食わぬ顔で飲むのも無理だった。社交のできない貴族令嬢の存在意義なんて、あるのかしら。

誰も私に頑張れと言わない。何かを望む様子もなかった。生きているだけで、家族は安心する。でも本来の形ではなかった。

歪《いびつ》な形は、いつか破綻するだろう。そのあとに何が残るか。

考え事をしながら、食後の甘味を口に入れる。ナッツが入ったキャラメル？　柔らかく溶けていくのを舌で押し潰し、皿の上に残るもう一つを摘まんだ。

「サーラ」

手招きして、彼女の口元へ差し出す。食べなくてもいいけれど、好きなんじゃないかと思ったの。深く考えずに差し出したそれを、目を見開いたサーラは遠慮がちに咥えた。

「お腹いっぱいだから助かるわ」

にっこり笑って、周囲へフォローする。口角がわずかに持ち上がったサーラの笑みは、甘いお菓子に綻んだように見えた。すごく嬉しそうで記憶に残る。

そう、甘いものが好物なのね。これも日記帳に書いておかなくちゃ。いつ何を忘れてもいいように、備えは重要だった。

食事を終えて自室に戻る途中、すれ違う執事が手紙の束を手にしていた。

銀トレイに飾るように美しく扇状に並べた手紙、ほとんどは仕事関係のようで白い封筒だ。しかし数枚はピンクの模様やオレンジの線が入り、華やかなものだった。

仕事用ではないと思われる、その数通が気になる。

「ちょっと……いい？」

「はい、お嬢様」

一礼して足を止めた執事カミロが持つトレイをじっと見つめる。

ピンクの花模様の封筒を引き抜いた。物言いたげな執事の視線を無視し、宛名を確認する。アリーチェ・フロレンティーノ宛だった。

もう一枚、オレンジの線が入った封筒を確認する。やはりフロレンティーノ公爵令嬢宛だ。これは私宛の手紙で、父へ届けるのならば間違っているわ。

手紙が少ないのは私の友人関係が希薄なのだと思っていた。もしかして父が検閲していたのかも。ぶわっと不信感が膨らんだ。

「私宛の手紙を預かるわ」

言葉の中に「全部出しなさい」と命令を含ませる。執事は迷う仕草を見せた。視線を逸らし、手紙の宛名を手で覆う。白い手袋で覆われた銀トレイに、私は声を低くして命じた。

「出しなさい」

「……旦那様のご命令がございますので」

「従えないのね？」

当主の命令が最優先だが、現在は父が不在だ。代理となる後継の兄も出ている。となれば、私が代理権を預かる主人だった。

一時的なものであっても、今は私が最上位よ。

「サーラ、取り上げて」

「承知いたしました」

父の命令に従う執事から、私の侍女であるサーラが手紙を奪う。執事もさすがに抵抗はしなかった。確認した結果、全部で五通あった。

「お父様に言わなくていいわ」

聞かれたら答えてもいい。逃げる余地を与えた私に、執事は申し訳なさそうに頭を下げた。

彼は己の仕事を忠実にこなしただけ。責める必要はなかった。責める相手は父だもの。

サーラにすべての手紙を預け、部屋に戻る。気持ちは開封したくてうずうずしていた。

緊張しながら、サーラの差し出したペーパーナイフを当てる。ピンクの花模様が入った封筒は、差出人であるアルベルダ伯爵家の紋章らしき透かしが入っていた。開封して、ごくりと喉を鳴らす。緊張で手が震えた。

「お嬢様」

大丈夫ですか？　心配そうにかけられた声で、緊張が解《ほぐ》れた。大丈夫、泣いたって倒れたって、隣にはサーラがいるから。気持ちを固め、深呼吸する。一つ頷いて、封筒から手紙を取り出した。封筒と同じ花柄のカードが入っている。

二つ折りで、折り目に金の房が飾られていた。開いたカードには、お見舞いの言葉が並ぶ。それからお詫びの一言「裏切ってごめんなさい」と。署名で締めくくられたカードを、そっと閉じた。

父、兄、伯爵令嬢。皆が私に謝るなら、何か事件があったのね。そこで私は傷つけられた。だから大柄な男性が怖くて、紅茶に口をつけられなくて、皆が謝罪する。あんなに痩せ細るほど眠り続けたのも、精神的な傷のせいなのか。

封筒の中にカードを戻し、オレンジの線が入った封筒を開けた。先ほどより手が震えない。怖い文面がなかったからだ。

また謝罪が綴られたお見舞いだった。ブエノ子爵令嬢はほんのり香りのついた便箋を使い、外側の一枚は白紙のまま。

頭の中に、貴族令嬢がよく行う作法の一つだと浮かぶ。手紙を書いた便箋にもう一枚白紙をつけて送る習慣があった。相手を敬ったり、丁寧さを示したりする指標だった。

謝罪の手紙だから白紙をつけたのか……それとも別の意図が？　気になって透かしたが、文字の書かれた様子はなかった。

そんな仕草を当たり前にしたことを、妙だと感じる自分がいる。礼儀作法の一環だと知りつつ、なぜ文字が書いてあると思ったのか。一般的には何もないのが普通なのに。この辺の知識は、記憶とは別に残っているはず。首を傾《かし》げながら、便箋を封筒に戻した。

残る二通は白い封筒だ。不自然に変形した飾り文字は、くねくねと読みづらかった。それでも宛名が私だと読み取る。

ペーパーナイフを入れて確認した文面は、どちらもお見舞いのみ。だけど嫌悪感を覚えた。ピンクの花模様の伯爵令嬢やオレンジの線が入った子爵令嬢には、嫌な感じを受けない。なのに、白い封筒の二人の名前を見た途端、眉間に皺が寄った。

トラーゴ伯爵家とドゥラン侯爵家の令嬢の署名が入った二通を遠ざける。

「こちらは旦那様に処理していただきましょうか」

戻すと言われ、素直に頷いた。飾り文字だから、そんな理由ではない。署名や文字を見てから、気分が悪かった。名前なんて覚えていないはずなのに……。

気遣ったサーラの差し出す水を飲み、大きく息を吐き出した。

「手紙の開封は、旦那様かご子息様に立ち会っていただいたほうが……よろしいかと」

今回のように気分が悪くなるかもしれない。それは私が苦手な人や嫌いな人から、手紙が届く可能性を示唆していた。

親しくないのに見舞いの手紙を寄越すのなら、何か疚《やま》しいことがあるだろう。探《さぐ》りを入れた可能性もある。今後は宛名で判断し、開くのをやめるのも勇気ね。

「お父様に相談するわ」

ぎこちなく微笑み、もう一度ピンクの花模様の封筒からカードを取り出す。手で撫でて文字を追い、枕元のテーブルの引き出しにしまった。

最後の手紙は明らかに上質な紙だ。白い封筒に紋章を透かす凝った意匠で、宛名は私になっている。送り主は紋章だけ。署名はないが、不快さはなかった。

そっと開いて、時候の挨拶から始まる文面を読む。近況の報告に似た内容と、私を含めた家族を気遣う文面が並んでいた。文面から受ける印象は優しさのみ。

もう一度紋章を確かめるも、やはり思い出せない。家名を書かなくて通じるほど、親しいなら……親族かしら。

この手紙は大切に保管しましょう。日記帳をしまう引き出しへ入れた。

「お嬢様、旦那様がお呼びです」

ノックと執事の声。私が手紙を読んだことを知ったのね。サーラに部屋へ残るよう言いつけ、私は執事と階段を降りた。

案内された執務室で、お父様は深刻そうに頭を抱えていた。その隣で、兄カリストが気遣わしそうな視線を向ける。一礼して、お父様の前に立った。

「お呼びと伺いました」

「ああ。その……手紙を見たのか？」

「はい、読みました」

中まで目を通したと告げた私に、お兄様が手を伸ばす。避けずにいれば、ぎゅっと抱きしめられた。兄妹の距離感としてこれが正しいか、そう問われたら迷うけれど。仲の良い家族ならおかしくないでしょう。

ただ、私の体は強張った。

記憶がなくても体や精神は正直なようだ。口角をわずかに持ち上げて自嘲する。この状態が異常なのだと、私の体が応えている。だから抱き返す腕がなかった。だらりと両腕を下げたまま、兄の抱擁を受ける。

私の記憶がなくなってから、急に親しさを装っている可能性が頭を過《よぎ》った。嫌だわ、なんでも疑わしく感じる。記憶がないのは、地に足がつかないのと同じだった。不安定で、いつも揺らいでしまう。家族の好意さえ疑うほどに。

「手紙の仕分けは、当主である私に任せてほしい」

「私宛の手紙ですわ」

仕事関係の場合、家令や執事が開封して渡すこともある。けれど、中身の検閲まではしない。手紙に仕込みや悪戯がないか確認するため、ペーパーナイフを当てるところまでだ。けれど、父は違った。絶対に中身を確認している。今までにもっとたくさんの手紙が届いたはず。

「今までの手紙はどうなさいました？」

「適切に処理した」

すぐに答えがあったことで、私は突っ返したのだと察した。どんな事情があれ、私が記憶を取り戻すには外部の情報が必要だ。それを阻むなら、たとえ家族でも……。

「伏せっていた間の対応は感謝いたします。ですが……適切かどうかは、私の判断することではありませんか？」

私に届いた手紙、それも宛名が私個人であるなら親でも開封すべきではない。正論を突きつけられ、父はぐっと拳を握った。

「判断できるのか」

唸るような言葉のあと、感情的に父は表情を歪めた。

「お前を傷つけた奴らの手紙など！　何が書かれているか、わからんのだぞ!!　俺は今度こそ、娘を守ってみせる」

途中まで怒鳴るように声を張り上げ、最後に噛みしめる形で静かに締め括られた。そこに嘘はないと思う。父の素は「俺」なのね。抱きしめたままの兄の背をぽんと叩き、離れてほしいと示した。

解かれた腕から抜け出し、父や兄に厳しい本音をぶつける。

「では、私がどう感じているか。お伝えしておきます」

ごくりと喉を鳴らした兄と対照的に、父は渋い顔をした。この辺は政や外交の経験差かしら。公爵家嫡男でありながら、お兄様は感情を外に出しすぎる。

「現時点で私の味方はサーラのみ。それ以外は〝敵〟と〝どちらでもない〟に分類されます。お父様やお兄様は、〝どちらでもない〟ですね」

わかっていたと眉間に皺を寄せながら受け止める父は、肘をついた執務机で手を組んだ。兄は目を見開き「そんな」と嘆く様子を見せる。

「お二人とも私の目が覚めた時に、なんて仰《おっしゃ》ったか。覚えておられるでしょうか。許しを請《こ》うたのです。悪かった、許してくれ、と。償いがしたい、と。私が記憶を持たないと知って、ほっとした顔をしたのも……全部気づいています」

ここで、この二人を突き崩してしまおう。私の味方になる道しか残さない。

「本心から悪いと思っているなら、私の邪魔はなさらないで。何があったのか、すべてを教えてください」

執務室がしんと静まり返った。物音一つでも立てたら、世界が崩れそうな不安が押し寄せる。一般的な貴族令嬢なら、当主である父親に逆らったりしない。大人しく「お任せします」と部屋に戻るのだろう。だが、私は我慢したりしない。

いいえ、父や兄の様子から過去は大人しく過ごしていたことが知れた。意外だと驚く姿を前に深呼吸した。

今は違う。どんな形であれ、今のこの姿がアリーチェ・フロレンティーノなの。貴族令嬢として生きた記憶や人間関係の柵《しがらみ》を覚えていない今の私こそ、本当のアリーチェだった。

否定なんてさせないわ。

顔を上げて二人の反応を見守る。怒って追い出すかしら。それとも大人しく話す？　どちらを選んでも、明日の私がすることは大して変わらない。

手紙の返事を出して、彼女らから別視点の情報を探るだけ。私の記憶喪失が邸外へ漏れているか、確かめる意味でも有効な方法だった。

「……何を知りたい？」

覚悟を決めた父の呟きに、兄カリストが叫んだ。

「父上！　まさか、あの残酷な夜のことを話す気ではありませんよね。傷ついたリチェは忘れて、やり直しているんです」

「その私が望むのです。邪魔をなさらないで、お兄様」

思っていたより冷たい声が出た。ショックを受けたのか、兄が泣きそうな顔で蹲《うずくま》る。

これでも公爵家嫡男なのだから、外ではきちんと振る舞っているのだろう。その被り慣れた仮面が落ちるほど、過去の私が経験した出来事は酷いようね。

覚悟はできている。どんな話でも否定せずに受け入れよう。ただ、あとで別の視点から話を聞いて検証はするけれど。娘に罪悪感を持つ家族の話なんて、一方的な思い込みや偏見に満ちているはずよ。

視線をお父様に合わせる。銀髪は三人とも同じ。兄と父は青い瞳だけれど、私だけ桃色の瞳だった。母の肖像画を見たが、金髪に赤い瞳なので似たのだろう。親子や家族であることは否定しない。

これだけ顔立ちも似ていたら、否定するほうがおかしい。でも邪魔をするなら……家族ではなかった。

覚悟を秘めた目に何かを感じ取ったようで、お父様は執務机に肘を突いたまま組んだ両手に額を押し当てた。まるで祈るような仕草のあと、顔を上げた時には表情が違う。

私はごくりと喉を鳴らした。妙な緊張感がある。

「知って後悔するとしても、か？」

残酷な現実など知らずに過ごせばいい。そう告げる声は震えていた。

どちらの感情？　私に自分達の失敗を知られることを恐れている、とも。事実を知った私が傷つくことを心配している、とも。または両方かしら。

「どのような過去であれ、私の人生です」

知らないまま歩いていけない。過去という足場が不安定なら、未来はさらに揺れるでしょう。

その吊り橋のロープを担う家族が、私に目隠しまでするの？

「長い話になる。部屋を移動しよう」

「父上っ！」

「くどいぞ！　カリスト、覚悟を決めよ」

私に部屋の移動を持ちかけた時とは、比べ物にならない厳しい声だった。膝から頽《くずお》れた兄を置いて、私は父と部屋を出る。

この段階でようやく、無言の執事に気づいた。扉の脇に控えていた彼は、沈痛な面持ちで頭を下げる。彼も事情を知っている、いいえ……当然よね。

きっと何も知らないのは、私だけだわ。

第二章　私は殺されかけた

長椅子に私を座らせ、父は向かいに並んだ一人掛けの椅子に腰を下ろした。執事は部屋の壁際に控える。

普段なら気にしない上着の裾を何度も直し、お父様は居心地悪そうだった。今の父に、フロレンティーノ公爵としての威厳はない。しばらく無駄に裾を弄ったあと、ようやく顔を上げた。

青い瞳が普段より暗く感じる。やや目を伏せているせいか。それほど言いづらいことなのだろう。わかっていても、譲る気はなかった。

黙って待つ私は、両手を膝の上に揃える。取り乱した兄の様子から、耳に優しい話ではないと理解した。どんな内容でも、受け止める覚悟はある。

「気分が悪くなったら言いなさい」

前置きして父は語り出す。低く心地よい声が、粛々《しゅくしゅく》と綴る物語は想像より……ずっと恐ろしい内容だった。

「まず、お前が眠っていた期間は二週間だ。痩せたのも、体力が落ちたこともこれが原因だろう」

貴族令嬢は元から細い。そこに加えて半月も寝込めば、ガリガリに痩せるのも納得できた。眠っていた期間は、私の予想と大差ない。今は整えられた爪を指先で弄る。

「幼い頃の話は省くぞ。アリーチェは王太子殿下の婚約者だ。いや、今は婚約を解消しているが……当時は婚約者だった。二ヶ月ほど前に開かれた王家主催の夜会で、事件は起きた」

王家主催ならば、王太子の婚約者である私が顔を出すのは当然だ。しかし王太子は出迎えなかった。それ以前から、別の女性に入れ揚げていると噂があったため、仕方なく兄のエスコートで入場したという。

未婚令嬢がエスコートを頼めるのは、婚約者か親族のみ。私の場合は父か兄に限られる。もし兄に婚約者がいれば、選択肢は父のみだった。

兄カリストは友人を見つけて、私のそばを離れた。私も仲良くしていた伯爵令嬢達と雑談を始める。夜会でよくある光景だ。

仕事の長引いた父は、この頃になってようやく到着した。王太子のエスコートがなかったと聞き、憤慨《ふんがい》する。

ここまで説明されて、状況を頭で整理した。浮気した婚約者が迎えに来なかったなら、国王陛下は承諾の上なのか。貴族として最高位の公爵家の娘を、王族が蔑《ないがし》ろにする？　それも王太子なら、今後の治世の支えとなる妻の実家を……。

浮気した令嬢の実家が同じ公爵家ならわかるが、そうであっても愚者の烙印を押される状況だった。浮気相手が気になったものの、口を挟まず私は頷くに留める。

再び父は語り出した。

「俺は王太子を見つけて、浮気を暴くつもりだった。亡き妻の忘れ形見を、公然と貶める相手に嫁がせる気はない。そう突きつけようとしたんだ」

この言い方では、実行する前に騒ぎが起きてしまった。言い訳には聞こえなくて、父の悔しそうな顔に頷く。先を促す意味で小首を傾げた。

王太子への敬称がないのは、尊敬に値しない人という意味だろう。

「俺は会場を離れた。王太子を捜したが見つからず、戻ったところで……お前が騎士達に押さえつけられた姿を見た。怒りで、かっと血が上った。駆けつけて騎士を突き飛ばしたところで、俺も拘束されたんだ」

王族の、それも王太子の命令なら騎士は従う。そのための指揮系統が確立されているから。でも、直前の状況がわからないわ。

「場を離れた俺は、この辺の詳細は人づてに聞いた。本当はカリストが語ってくれたら良かったんだが」

現場にいたのはお兄様だけど、先ほどの様子では無理そうね。同じ感想を抱いた私の耳に、扉の開く音が聞こえた。顔を上げる私の正面に、兄カリストが厳しい表情で立っている。

「僕が話そう」

父の隣に空いていた一人掛けの椅子に座り、兄は覚悟を決めた顔で私の目を見つめ返した。

「王太子の側近だった僕が浮気を知ったのは、夜会の一ヶ月ほど前だった」

少し遡って話し始めた兄は、「側近だった」と過去形を使った。今は違うのだろう。私のせいなら申し訳ないと思ったらいいのか、それともギリギリまで側近だったことを責めたらいいのか。判断できずに先を待つ。

父同様、兄も「殿下」の敬称を省いた。

「僕の妹が婚約者なのに、あの男は目の前で別の令嬢を抱き寄せた。頬に口付け、仲睦まじい姿を見せる。僕はそれが許せず、側近を辞した。もしかしたら、王太子の狙いはそれだったのかもしれない」

兄を遠ざけるために、目の前でわざと別の女性への寵愛を見せつける。可能性は否定できない。愚行でしかないが、一つの考えとして頭の片隅に留めた。

「側近を辞めれば、王太子の情報は驚くほど耳に入った。浮気相手の令嬢の話も、あちこちで騒動を起こしていることも。側近の耳に入らないよう、周囲が情報統制していた事実も」

うんざりするほど悪評を聞き、父に相談したのだという。あんな王太子は、妹アリーチェに相応《ふさわ》しくない。婚約を取りやめにできないか、と。

時系列からして、夜会の少し前に相談したらしい。空白の時間があることは、兄も悩んだのだろうと受け流した。

「公爵家より格下でも、素晴らしい跡取りのいる家はある。だが、どの家もすでに婚約者が決まっている。アリーチェの嫁ぎ先候補を国外まで広げて探した」

父は渋い顔で口を挟んだ。つまり王太子を見限って、他国の王侯貴族から夫を選ぼうとした。

フロレンティーノ公爵家が、王太子を見限った瞬間だ。

きっと、家族として苦渋の決断だろう。国内にいて、いつでも会える距離に嫁いでほしい。

そう願うのが家族だから。条件として「まともな王太子なら」と付け加えるしかない状況で、彼らは家の利益より私の幸せを願った。

少なくとも私はそう思う……この考え方の基礎になった家族は、温かな場所だった。父や兄に嫌われ、捨てられそうになったのではないか。そんな予想は覆された。

私は家族に愛され、幸せを望まれている。じわりと胸が温まった。

「婚約を解消する前に、お前の嫁ぎ先を見つけておきたかったんだ。そのせいで、後手《ごて》に回った」

父は悲しそうな顔で唇を噛んだ。再び兄が続ける。

「僕も同じだ。リチェを蔑ろにする王太子と距離を置いたのに、あの夜会でお前を一人にした。あの時、すぐに駆けつけて守れていたら」

そこでぐっと拳を握り、兄は歯を食いしばった。

「すまない。言い訳のようになった。夜会の入場をエスコートしたあと、王太子の側近の一人に呼ばれて離れたんだ。リチェも仲のいい伯爵令嬢と一緒だったから、僕も安心した。だが、それらはすべて罠だったよ」

一つ大きく息を吸い込み、兄カリストは言い切った。

「王太子は、リチェを断罪した。父や僕を遠ざけた状態で、友人であった令嬢達も権力で従わせ、ありもしない罪をなすりつけたんだ。あの侮辱は、目の前が赤くなるほどだった。怒りと憎しみで息が詰まるほど、酷い冤罪《えんざい》だ」

悔しいと表情で語る兄の眦《まなじり》に、きらりと光が走った。滲んだ涙を隠すように、何度も瞬く。

謝罪とお見舞いが並んだ貴族令嬢の手紙やカード。あれはそういう意味だったのね。

私を家族から離して孤立させ、一人きりで対峙させるために。そこまでして私を責めた断罪の内容が、とても気になった。

「断罪された私の罪はなんだったのですか？」

何か罪があるから断じられた。ならば、ここが一番重要なのだと思う。父と兄は顔を見合わせ、先に兄カリストが口を開いた。

「君が……不特定多数の令息と、その……深い仲にあると」

言葉を選びながら、お兄様はなんとか言い切った。それでも何度も口籠り、唇を舌で湿らせながら。悔しそうに顔を歪める姿に、他人事《ひとごと》のように「おつらいでしょうね」と思った。実感がないから、他人事に感じるのだろう。

深い仲、つまりは婚約者以外に体を許した。公然とそう罵《のの》しられたという意味ね。

未婚の令嬢にとって致命的な罪状だわ。自分の罪を他人に着せる、それも冤罪――こんな男が未来の国王だなんて世も末ね。この程度の王太子だから、未来の王妃として私が選ばれたのだろう。

この国で王族に嫁げる公爵令嬢は私一人だ。もう一人、他家に令嬢がいるけれどまだ五歳の幼さだった。王太子の地位と今後の王位への道筋を整えるために、私は貴族令嬢の中から選別されたんだわ。

公爵家が王妃の実家となれば、王位は安定する。国王陛下も王妃殿下もそれを狙ったのだろう。いつ婚約したのか確かめていないけれど、幼い頃に決められた可能性が高かった。私のためではなく、彼のための婚約だ。

国王夫妻が息子のために整えた、安定した道筋を王太子は自ら壊した。

「……その先も教えてくださいませ」

腹に力を籠め、深呼吸して声の震えを抑えた。動揺を表に出してはいけない。父や兄が言葉を濁し、誤魔化す原因になりたくなかった。

彼らは覚悟を決めて話している。私に嫌われることも、己の罪と向き合うことも受け入れた。せめて足を引っ張りたくない。

「すぐに否定した。アリーチェは毅然とした態度で、証拠はあるのかと尋ねたよ。王太子の顔が歪んで、あり得ない命令を騎士に下した。反逆罪と不敬罪で死刑にしてやると騒ぎ、アリーチェを床に……っ！」

握りすぎた拳がぶるぶると震え、兄の手に血が滲む。感情が高ぶりすぎた彼は痛みを感じていない様子だった。

「お兄様、手が傷ついております」

「あ、ああ。ありがとう」

我に返ったように力を緩めた兄だが、胸元のハンカチを巻かずに握っただけ。後ろで執事が迷う。だが重要な話の最中であるため、壁に徹すると決めたらしい。姿勢を正した。

「そこからは俺が話そう、カリスト」

視線を父に移す。兄とそっくり同じ青い瞳がゆっくり瞬き、私を映し出した。澄んでいて綺麗だわ、場の状況に似合わぬ感想を抱く。

「騎士は屈強な男ばかりだ。一部女性騎士もいるが、夜会で命令に従ったのは男達だった。か弱いリチェを床に引き倒し、その上に体重をかけて腕を捩《ね》じった。か弱い令嬢に対する行為ではない。圧迫されて息が止まり、骨折してもおかしくないのだぞ！　騎士として断じて許されん。痛みに悲鳴を上げたお前に駆け寄った俺は、頭に血が上りすぎていた。両側から押さえられ、後頭部を殴られ動けなかった。なんとも情けない」

騎士団長と剣を交えるほど鍛えたと聞く父も、武器なしで複数の騎士に襲われれば不覚を取る。それも娘の惨事に冷静さを失った状態なら、仕方ない。首を横に振って最後の言葉を否定した。

「俺とお前は別々に部屋に閉じ込められた。国王陛下の指示で解放された俺が駆けつけた部屋で、アリーチェは……毒を……くそっ、あれは絶対に違う。無理やり飲まされたんだ」

自分で飲んだんじゃない。そう否定する父は悔しそうに椅子のひじ掛けを叩いた。ヒビが入りそうな音がして、身震いする。この音、なんだか怖い。

「父上、落ち着いてください。リチェが怖がります」

呼吸を整え、私は思い出せない記憶の一部であろう話を促した。この先もすべて聞かなければ、そう強く思いながら顔を上げる。

「お兄様は、どうしていらしたの？」

私が押さえられて悲鳴を上げ、助けようとしたお父様が傷つけられた。その時、ご友人と一緒のお兄様は何をしていたの？　残酷な質問なのを承知で、私はそう声を上げた。

「駆けつけようとして、捕まった。リチェが引き倒されたところで足を踏み出し、壁際にいた数人の貴族令息に邪魔されたよ。それを振り払う間に、騎士が僕を拘束した。国家反逆罪と言われたな」

その罪状は、私の時も出てきた。反逆罪というからには、何か証拠があったのかしら。眉を寄せた私に、兄は続けた。

「縛られた僕が抵抗している間に、ようやく国王夫妻がお見えになった。すぐに気づいて僕の縄が解かれるが、父上とリチェは連れ去られたあとだった」

思い出せるか？　そう問われても、まったく覚えていない。刺激されて記憶が戻る様子はなかった。

ただ、他人事のように己に起きた不幸を聞くだけ。まるで誰かの物語を読み聞かされたような、不思議な気分だった。

「国王陛下は王太子を自室へ軟禁した。罪状がはっきりするまでの措置として、だ」

ここは理解できる。国王陛下のお立場なら、息子を庇うこともできた。それをしたら、国が崩壊すると知っているから、厳しい措置を取る必要がある。けれど、罪状や状況がわからないうちは、王太子の立場や地位もあり軟禁が精一杯だろう。

頷いた私に、お兄様は大きく深い息を吐き出した。怒りを堪えきれないというように。

「僕が見ていた話をすべて国王に話して、すぐに王太子の処罰が行われると思った。だが……王は唯一の跡取りである王太子を庇った」

陛下という敬称も消した。それはお兄様の覚悟と怒りを示す。尊敬するに値しなければ、王族であっても「陛下」や「殿下」の尊称は不要。一般的には咎められる無礼を、お父様も当然だと頷いた。

これは我が公爵家としての立場だろう。今後は王族に対し、敬意を払うことはしない。家族を傷つけた王太子と、愚者を擁護する王への決意表明だった。

「アリーチェ、この国には二つの派閥がある。国王派と貴族派だ」

繋がらないお父様の言葉に、話を逸らされたと感じた。けれど、説明のために付け加えたらしい。

「僕らはどちらにも属さなかった。公爵家とは王家を諫《いさ》める立場にいて、けれど血縁があるので敵対もしない。その不文律が崩れた。僕は父上とリチェを捜すために、貴族派と手を組むと宣言した」

宣言したのなら、夜会の場で口にしたのだ。国王に与《くみ》することはないと、公爵家が反旗を翻《ひるがえ》したも同然だった。

「国王の指示で解放された俺は、まずリチェを捜した。客間の一つを使って監禁されたのなら、すぐ近くにいると思った。協力する貴族派の騎士を連れて部屋を捜し回り、ようやくお前を拘束した騎士の一人を見つけた」

お父様はそこで唇を噛み、ゆっくりと私の目に視線を合わせた。澄んだ青い瞳が、黒く濁っていく。

「駆け込んだ部屋で、お前は数人の男に囲まれていた。王太子の側近だ。彼らは我が娘の口にカップを押し当て、嫌がるお前に無理やり……っ！」

それ以上声が出ず、ぱくぱくと口を動かしたお父様に、私は冷えた声を絞り出した。

「毒を入れた紅茶を飲まされたのですね」

掠れて聞きづらい。自分の声が遠くで響いていた。ああ、だから……紅茶が怖かったのだ。話が事実と一つに繋がった。


夜も更けた屋敷の廊下を歩き、自室へ引き揚げる。食事は喉を通らず、スープに口をつけたが胃の中で重かった。料理人に悪いことをしたわ。そう思ったので、伝えてくれるよう執事に声をかける。

自室で待つサーラは何も尋ねなかった。

「もうお休みください。明日の朝、湯浴みの準備をいたします」

何もせず休んでもいい。提案された優しさに甘え、大人しく従った。ベッドに潜り込み、長い髪をシルクで巻いて横になる。ふと……髪の一部が不揃いなことに気づいた。天蓋の薄布を閉めるサーラが遠ざかったのを確認し、私はそっと指先で確認する。

今までは結ったり纏めたりしていたため、気づかなかった。髪を弄るサーラは知っていたはず。指摘したからといって伸びるわけではないから、手入れだけしてくれたのかも。

確信はないけれど、これも夜会で切られたのだろうと感じた。他に貴族令嬢の髪が千切れることなんて、ないと思う。

乱暴に扱われたのだ。大柄な男性に恐怖を感じたのも、触られて震えたのも、すべてここに繋がっていた。頭の中でぐるぐる回る父と兄の言葉が、夢の中まで追ってくる。それでも眠りは訪れた。闇の底へ落ちるように、一瞬で……。


目覚めは夜明け前だった。まだ薄暗い部屋の中で、嫌にぱっちりと目が冴えている。少し迷ったが、身を起こした。

ベッドサイドの引き出しにしまった日記を引っ張り出す。赤い表紙に入った黄金の装飾を指先でなぞった。開いてペンを手に取る。毛細管現象で吸い上げたインクで、すらすらと記した。

昨夜聞いた話を、父と兄に分けて記入する。真ん中に線を引いて、双方の言葉を記憶通りに書いた。乾くまでの間に、以前書いた部分に目を通す。

「……おかしいわ」

違和感は「何かが違う」という指摘になって、嫌な汗を滲ませた。

最初に目覚めた時、父は「愚かな父を許せ」と縋った。カリストは「兄なのに疑った。償いたい」と続けた。それは昨日の話と噛み合わない。

父は話した通りだろう。仕事で遅れて到着し、エスコートがないことに激怒した。まだ夜会の場にいなかった王太子を捜して、戻った広間で私を助けようと動く。一緒に捕まって拘束され、国王に……ここまで一気に考えた思考が停止する。

兄が訴えて父が解放された。兄は私を優先して捜したと言ったのに、噛み合わない。もしかしたら話が逆の可能性はないだろうか。父を解放し、私を後回しにした。

昨夜聞いた状況をそのまま兄が国王に語ったなら、私もすぐ解放されるはずだわ。実際は父だけが解放され、私を捜して部屋に飛び込んだのも父。兄ではない。

兄カリストが私を疑ったのはいつ？　何を隠しているの。償わなければいけないのは、何に対して？

湧き出る感情と考えに、私は胸を押さえた。動悸がして息苦しい。ぽろりと涙が零れ落ちた。何に対して泣いているのか、まったくわからないけれど。

次々と落ちた涙が、日記の文字を滲ませる。まだ乾いていないページをそっと閉じた。反対側に滲んでしまうけれど、涙で読めなくなるよりマシよ。

兄を信じていいのかしら。もしかしたら裏切りを隠しているのでは？　心が不信を囁き、私は驚いた。裏切られた経験があるみたいに、ごく自然に疑った。

サーラに続いて信じられるのは父だけ。兄はまだ距離を置こう。そう決めて、袖で涙を拭った。

もう溢れてこないのを確かめ、日記帳を開いてやや滲んだ反対側のページに記す。父の名の

隣にマルを、兄カリストにバツを。肩が揺れるほどの呼吸を、ゆっくり整える。

日記を定位置に戻した室内に、ノックの音が響いた。もう朝なのね。カーテンの隙間から入り込んだ一筋の朝日に、なぜか安堵を覚えた。


父は、朝食の席で私に手紙を見せるようになった。隠さないことが誠実さの証になると、ようやく気づいたみたい。だから私も隠れて執事から奪わなくて済む。執事が開封して渡す手紙を父と並んで目を通した。

私に届く手紙は、常に父と一緒に開く。その約束をしたら、父は安心したようだった。お父様と呼べば、嬉しそうに頬を緩める。大柄な男性なのに、父に対しては恐怖を覚えなかった。

きっと、過去の私はお父様を信頼していたのだろう。

「これは……断るか」

執事が目の前でペーパーナイフを入れた白い封筒は、四隅に銀箔が押してあった。高価なのはもちろん、普段使いする封筒ではない。父の太い指が取り出したのは、一枚のカードと便箋だった。カードには招待状と記されている。

「夜会？」

「いや、お茶会だな」

型通りに書かれた飾り文字の招待状の下に「ぜひいらして」と女性の署名付きで追記がされている。署名は崩されていて読みづらいけれど、フェリノスの国名が入っていた。

「どなたですか？」

「王妃殿下だ」

貴族の名前を覚え直そうと、部屋で貴族名鑑などを読んだ。王族の名前も目を通している。

「カロリーナ・ド・フェリノス王妃殿下……」

「さすがはアリーチェだ。もう覚えたのだな」

こくんと頷き、署名をじっくり見つめる。見覚えはなかった。いや、記憶にないだけだろう。

王太子の婚約者であったなら、義母になる王妃殿下と交流がないのはおかしい。

「お断りして角が立たないのですか？」

公爵は上位貴族だが、その上に王族がいる。ならば、国主の妻に逆らうのは問題があるのでは？　素直に疑問をぶつけたのは、この席に兄がいないからだ。

記憶喪失だが、私が日常生活を送れるようになったことで、兄は貴族学院へ戻った。首席の地位を守って卒業したいと口にしたが、正直、疑っている。実は私に思い出されたら都合が悪いからではないか。そう考えてしまい、自己嫌悪に陥った。

「先に我が家を蔑ろにしたのは王家だ。構わんさ」

まったく気にしない。お前のほうが大切だ。真っすぐに伝えてくる視線はくすぐったい。

筋肉がしっかりついた温かな腕も、膝に乗ってもらおうと画策する大人げないやりとりも、なぜか心地よかった。でも記憶をなくすまでの私への応対とは違ったのだろう。

執事カミロや侍女サーラは驚いた顔を隠さなかった。それが不思議で、同時になぜか面白い。

以前にサーラは私を「自信に満ちた」と表現したことがある。過去の私は公爵令嬢らしい振る舞いをしていた。自分に自信を持ち、傲慢で高貴さを感じさせるご令嬢として。

今の私はだいぶ違う。それでも、父は嬉しそうに私に構った。

これが一つの答えなのだ。今のままを肯定する父がいれば、私は顔を上げて堂々と振る舞うことができる。

「お父様が同席してのお茶会は可能ですか？」

「……嫌だと言わせない」

記憶のない私がどこまでやれるかわからない。それでも過去を知りたいと思うし、不当に扱われたなら償わせたかった。公爵であるお父様を味方にできるなら、王族側の出方を見るのも一つだわ。私を断罪したという王太子と、庇った国王――彼らと同じ側に立つなら、王妃殿下も敵になるのだから。

午後のお茶会に合わせ、ドレスと宝飾品を選ぶ。お父様の同席が認められたことで、心配は半分になった。少なくとも、私一人がつるし上げられる状況は考えられない。交換条件なのか、王女殿下が同席されることが決まった。

絵姿と評判は頭に入れた。大人しく内向的な王女殿下は、兄である王太子と合わないらしい。同じ女性であることも含め、期待する部分もあった。もしかしたら、王家の中に私の味方がいるかもしれない。

「お茶会では明るい色を纏うのが作法だったわね」

「はい、こちらのお色はどれを選ばれても問題ございません」

個人の関係や貴族の家同士の柵は思い出せない。けれど、作法やダンスは体に馴染んでいた。考える前に体が動くので、不自由は感じない。念のために、侍女であるサーラを交えて色を選んだ。銀髪に桃色の瞳では、明るい色のドレスは印象がぼやけてしまう。

「この辺かしら」

「王妃殿下は水色《みずいろ》、王女殿下はラベンダーをお選びと伺っております」

難しい。ピンクは避けたいし、濃色はダメ。水色とラベンダーはどちらも青色系だった。対決するように赤系を強調するのは無用な警戒を生む。どちらとも相性のいい色があればいいけれど……反対色の黄色とミントはやめよう。そっと遠ざけた。

「こちらのお色はいかがでしょう」

並んでいた色とは別に、サーラが勧めたのはオフホワイトに紺色のラインが入ったドレスだった。ラインは細くて、ほとんど目立たない。けれど、差し色が入っているお陰で全体に青色に近い印象があった。水色ともラベンダーとも反発しない。よく見れば、紺のラインに銀糸が交ぜられている。

「素敵ね、これにするわ」

お礼を言って選んだドレスに宝飾品を合わせる。ラリマーという空色の半貴石の耳飾りとブレスレットを選ぶ。首までレースに覆われたドレスなので、首飾りは省略した。

屋外でのお茶会ならば、光る宝石は失礼にあたる。色が被る宝石も避けたかったので、二人が選ばないだろう宝石に決めた。

水色やラベンダーのドレスでは、同じ青色系の宝石は同化する。違う色を選ぶはずだと考えた。しかし彼女らの色に寄せることで、敵対する意思はないと示すことも可能だ。貴族の裏の読み合いは面倒だけれど、ぴたりと嵌《はま》れば気分がいい。

「これでいいわ」

髪はハーフアップにして、真珠の入った髪飾りで留める予定だ。夕食時に装飾品とドレスの話をしたところ、真珠を使うブローチで揃えることになった。

カフスをラリマーで揃えたいとお父様がぼやいたけれど、高価な宝石ではないので貴族の宝飾品としては珍しい部類に入る。注文生産になり間に合わないので、残念ながら今回は諦めてもらった。今後のために注文はしたそうよ。擽ったい気持ちが胸に満ちた。

午前中から着飾ってお昼前には屋敷を出る。明日のお茶会に備え、早く休むことにした。

「おやすみ、アリーチェ」

「おやすみなさいませ、お父様」

スカートを摘まんで挨拶し、部屋に戻る。ベッドに潜り、ふと気になった。父は「リチェ」と愛称を呼ぶより、「アリーチェ」と呼ぶことが多い。兄はずっと「リチェ」呼びだった。呼び慣れていない？　それとも、別の意図があるのかしら。

考え込んだものの、一人で答えの出せる疑問ではない。寝不足で敵地へ向かうのは良くないと、慌てて目を閉じた。思ったより疲れていたのか、すぐに眠りは訪れた。

お父様と向かい合って馬車に乗り、揺られながら王宮を目指す。

「アリーチェ、一つだけ……話しておく」

「はい」

「王太子は謹慎程度の罰で終わる可能性が出てきた」

「……はい？」

貴族の頂点に立つ公爵家の令嬢に冤罪をかけ、婚約者を蔑ろにして公然と浮気し、側近を使って私を殺そうとしたのに？　問い返すというより、問い質《ただ》す鋭い声が喉の奥を震わせた。

「絶対に認めんが、な」

大柄な父がさらに大きく、頼もしく見えた。両肘を掴んで腕を組んだ形の父の指は、震えるほど力が込められている。その怒りを感じ取り、私は大きく息を吐き出した。記憶がなくてもわかるわ、なんて愚かな国王陛下なのかしらね。

国内最大勢力の公爵家を敵に回すだなんて。今後の治世はもちろん、次世代への継承も危うくなる決断に思われた。

馬車は王宮の門をくぐる。案内されたのは、庭園の中央にある噴水を抜けた先だった。

派手な噴水が目立つので、後ろ側の東屋《あずまや》はまず目に入らない。隠れ家のような雰囲気があった。王宮側からはほぼ見えず、けれど噴水のお陰で涼しさを感じられる。水音が続くので、話の内容を盗み聞きされる可能性も低かった。

これはどちらの意味で用意されたのか。私達に謝罪を行うつもりとも、逆に周囲から見えない場所で何か仕掛けるとも取れる。

腕を組んだお父様は歩調を緩め、私に合わせてくれていた。ちらりと視線を向ければ、口元が笑みを湛えている。どうやら問題なさそうね。

父を味方と判断してから、気持ちが楽になった。少なくとも、王家が横暴を振りかざしても対抗する手段が残されている。公爵である父を排除しなければ、私に手が出せない。自分にそう言い聞かせなくては、敵の本拠地である王宮に足を踏み入れるのは怖かった。

「安心しろ、何があっても守る」

わずかに震えたのを察した父が、頼もしい言葉をくれる。微笑んで頷いた。今度こそ守ると約束したお父様は、私の味方であると示すように真珠のブローチをつけた。その場所にあった一際大きな勲章を一つ外して。たくさんある勲章の一つであっても、その気遣いが嬉しい。

顔を上げて案内の侍従の後ろを歩き、噴水の脇を抜けて東屋に足を踏み入れた。懐かしさは感じない。初めて来たのか、思い入れがないのか。特に嫌な感じもなかったので、安心したのが正直なところだ。

「アリーチェ」

促されて着座する。用意された椅子は四つ。予定通りの顔ぶれで変更はない。父も右隣に腰掛けた。紅茶を用意する侍女の姿に、私の肩がびくりと揺れる。心得たように、お父様が侍女に声をかけた。

「悪いが、紅茶は遠慮しよう。ハーブティか珈琲があればありがたい」

「気が利かず申し訳ございません。すぐにご用意いたします」

あっという間にハーブティが用意される。薄い緑の水色《すいしょく》のカップから、ミントの香りがした。ほっとする。紅茶なら恐ろしくて口をつけられない……あら、お父様にお話ししたかしら？

侍女が一礼して離れたタイミングで、お父様がこっそり教えてくれた。夕食後の紅茶に怯えた夜から数日後、サーラからハーブティなら飲めると聞いたみたい。

「俺も気が利かないからな、あの日は悪かった」

毒を飲まされた姿は見たけれど、紅茶に入っていたと知らなかったのね。私の心の傷に寄り添うお父様の謝罪に、首を横に振った。嬉しくて涙が零れそう。でも化粧が取れてしまうわ。

「大きな目がそうして潤むと、アレッシアにそっくりだ」

肖像画に記されたお母様のお名前だわ。貴族名鑑を調べた際、お父様の妻の欄に名前が記されていた。亡くなっても再婚しなければ、配偶者欄は変更されない。

お母様を愛していた証拠なのだろう。私の顔立ちはお父様に似ているけれど、目元はお母様にそっくりだった。

懐かしむように目を細めたお父様が、はっとした様子で姿勢を正して席を立つ。私も父に倣《なら》って立ち上がった。

正面から入ってきた女性は二人、王妃殿下と王女殿下だった。首までしっかり覆った水色のドレスを纏う王妃殿下はやつれた印象で、王女殿下も目の下に隈《くま》ができている。

心労か、体調か。口に出さないほうがいいと判断した。先に出方を確認しよう。

「……かけてちょうだい」

王妃殿下の一言で、私と父は着座する。全員が席に着いたあと、無言の時間が続いた。噴水の水音のお陰で、沈黙が重くない。お茶と茶菓子を用意し終えると、王妃殿下は侍女や侍従を下がらせた。声が聞こえない距離まで遠ざかったのを確認して、お二人は頭を下げる。

「本当に申し訳ないことをしました。お詫びのしようがありません」

「お兄様とお父様がごめんなさい」

答えることができず、私は黙ってお二人を見つめていた。

「お二人とも、頭をお上げください」

私は顔を上げるよう頼んだが、彼女達は動かない。本音をぶちまけたい衝動に駆られた。簡単に謝って許されようとする。人の心理としてはわかりやすい。許されてしまえば、己の気持ちが楽になるから。それは加害者が望む逃げだった。被害者である私に気持ちは届かない。

本当に悪いと思うなら、謝罪より加害者の排除に動いてほしい。以前の人間関係がリセットされた私だから、余計にそう思った。この人達はなんて身勝手なのかしら、と。

「王妃殿下、王女殿下。私には毒を飲まされる以前の記憶がございません。謝られても許すことができませんの。何も覚えておりませんから」

腹が立った。机の下、見えない位置でぎゅっと左手首を握る。右手の痕《あと》がつくかもしれない。そのくらい強く力が入った。

表面上は穏やかな淑女の笑みを湛えて、私は二人に「卑怯だ」と突きつける。これが貴族の会話であり、外交手段なのだから。

正面きって「卑怯よ、最低だわ」と責めることができない立場の人間に、上位から謝って終わりにしようとするなんて。彼女らにそう現実を突きつけた。

「っ、悪かったわ。許さなくていいの」

王妃殿下はすぐに顔を上げて、きゅっと唇を引き結んだ。隣の王女殿下は迷って、俯いたまま頭だけ上げる。申し訳なさで顔を上げられない、そんな気持ちが伝わってきた。ここで「いいですよ」と許せるほど、単純な事件なら良かったのに。

「以前は王妃様と呼んでくれたのだけれど、望んでもいいかしら」

殿下では距離がある。娘になると思って親しく接してきた私に、迷いながら頼む言葉に頷いた。このくらいの譲歩なら構わない。同じように王女殿下もパストラの名前で呼んでほしいと希望が出された。こちらも同意する。

「オレガリオは息子に甘いようだな」

お父様の口調が砕けた。王族に対するには不敬な口調なのに、王妃様は当然のように受ける。この話し方が普通なの？　公爵家は王家の血を引いていることが多いけれど、近しい親族なのかしら。そんな情報は貴族名鑑になかった。

国王陛下はオレガリオ・ド・フェリノス。呼び捨てにした父に、王妃様は人けのないことを確かめて、口を開いた。

「あの人は愚かにもフリアンを許そうとしました。手紙でお知らせした通り、私とパストラはフロレンティーノ公爵を支持します」

手にしたハンカチで口元を押さえ、私は動揺を隠そうとした。父の手が肩に触れ、引き寄せられる。見上げた先で、お父様の表情が和らいだ。険しい眉間の皺が消え、穏やかに説明を始める。

「先日、お前を連れていかなかった夜会があっただろう。あれは反国王派が集まったのだ。記憶のないアリーチェを連れていけば、旗頭《はたがしら》にされてしまうのでな。悪いが屋敷に残ってもらった。今回のお茶会の誘いとは別に、カロリーナ殿から手紙が届いたのだ。反国王派に合流したいと」

王妃様は表立って夜会に参加していない。だが反国王派についた。国王オレガリオに愛想を尽かした王妃と王女を受け入れた。それによって、愚か者を粛清する形が整う。

公爵家の面目《めんぼく》を潰し、婚約という重要な契約を破棄し、無実の令嬢を冤罪で殺そうとした。愚かな王太子も、彼を庇った国王も、貴族にとっては敵だった。

これがまかり通るなら、貴族の血統は乱れて存在価値がなくなる。貴族社会の崩壊を意味した。国母である王妃様はそれを認めないと宣言したのだ。

「でも……お兄様は……」

敵かもしれないのに。そんな重要な夜会に参加させて、もし情報が漏れたら？　口に出しかけて、父の体面を慮《おもんぱか》って噤《つぐ》む。にやりと笑ったお父様は、平然と言い切った。

「あれは構わん、泳がせておけ」

もしかして、囮《おとり》なのですか？　驚きの展開に、私は絶句した。

お茶会の収穫は大きかった。王族も一枚岩ではなく、多くの貴族が不満を抱いていることに王妃様は理解を示した。それどころか、国王排除に動くのであれば、協力してもいいと申し出たのだ。

用意されたお茶菓子は少しずつ減り、種類を変えたハーブティを数種類楽しむ。すべて、父が先に口をつけた。俺が毒見をすれば、安心して飲めるだろうと笑う。外見同様、豪快な性格みたい。

王妃様やパストラ様とも徐々に会話が増え、最後は穏やかに見送っていただいた。もちろん、許してはいない。何も知らないのに許せるわけがないから。私の判断は、すべてを知ったあとになる。何をされ、どんな屈辱を受けたのか。何を我慢させられたか。わからないことばかりだ。

それでも、夜会前の情報がいくつか手に入った。

未来の娘となる私と親交を深めた王妃様は、婚約者を蔑ろにする息子に苦言を呈したらしい。それが夜会の数日前で、パストラ様も同席していた。王妃様は昼食時と話されたけれど、首を傾げたパストラ様は朝食時だった気がすると付け足す。大した違いではないと思うけれど、記憶に留めた。

夜会の前日に、側近を集めて夜遅くまで部屋に籠ったこと。私にドレスを贈っていないと知って、夜会の直前に王妃様が怒ったこと。その予算の使い道を問い質したことも、ここで初めて知った。お父様も知らなかった情報のようで、眉を吊り上げて怒りを耐えていた。

どうやら夜会で突然豹変したのではなく、事前に兆候があったようだ。私はそれをお父様に相談できず、そのまま当日の暴挙を迎えた。

誰かの手を借りられる状況になかったのかしら。

昔の自分について考察する間に、馬車は屋敷の門をくぐった。

「アリーチェ、カリストのことだが」

「はい」

「しばらくは放っておいてくれ、今までと同じ態度だと助かる」

泳がせる、でしたか？　考えてみたけれど、特に優しくしたり突き放したりした覚えはない。今までと同じは、私の感じたまま対応を決めても構わないと同じ意味だった。

「わかりました」

「それと……王太子の婚約者に決まったアリーチェを、カロリーナ殿は実の娘のように可愛がっていた。今回のことは彼女にとっても、夫や息子を見限るほど衝撃的だったと……心の片隅に留め置いてくれ」

「はい」

心に留め置くことはできる。ただ心から信じることができないだけ。言葉にしなくても理解したようで、お父様は眉尻を下げて苦笑いした。

「名前をお呼びになるほど、王妃様と親しいのですね」

手を伸ばして私の頭を撫でたお父様が、ぴたりと動きを止める。それから額を押さえて、呻くように漏らした。

「そうか、その記憶もないのだったな」

馬車が玄関前で止まり、外からノックが聞こえた。執事が外で待っている。お父様はちらりと外へ視線を向け、内鍵を外した。開かれた扉から先に出た父のエスコートで降り立つ。

「夕食後に話しておきたいことがある。時間をくれ」

「はい、お父様」

玄関を入ったところで別れ、サーラと自室へ向かう。食後に話すだなんて、よほど消化に悪いお話みたいね。それとも食欲が失せるほうのお話かも。

首を傾げながら、サーラにドレスを脱がせてもらう。窮屈に締め付ける拘束具のような下着もすべて外し、ベッドの上に行儀悪く寝転んだ。ふわりとガウンが掛けられる。

「ごめんなさい、サーラ。少しでいいの……」

休ませて。最後の言葉を呟く前に、私は目を閉じていた。

夕食の前に大急ぎで着替えを済ませた。手の込んだレースとフリルをふんだんに使用したワンピースを選ぶ。出掛けないので、コルセットは着けなかった。デザートまで美味しくいただだき、食堂から移動する。

広めのリビングで、勧められるままソファに腰掛けた。お父様は向かいではなく並んで座る。侍女達も外へ出してしまい、二人きりなのに妙な位置だった。話をするなら向かい合ったほうがいいのでは？　提案する前に父が口を開いた。

「……カロリーナ殿のことだが」

顔を正面に向け、お父様は私を見ない。ここで理解した。顔を見て話せるようなお話ではないのかもしれない。王家の裏事情なのか、それ以上に複雑な問題の可能性もあった。

私は右手の上に左手を重ね、その指先をじっと見つめる。サーラが丁寧に整えた爪は、淡いピンク色に染まっていた。

「彼女は隣国の公爵家出身だ。本来はアレッシアが王妃になるはずだった」

「……え？」

驚きで声が漏れた。黙って聞こうと思った決意が崩れ、いろいろ尋ねたくなる。だが我慢して呑み込んだ。先に問い詰めたら、きっと何も言えなくなってしまう。ぐっと指先に力が入る。

「アレッシアは隣国ロベルディの第三王女だ。上の姉君が婿を取って王位を継ぎ、下の姉君は国内貴族と結婚した。フェリノス王国へ嫁ぐのは、第三王女であるアレッシアの予定だったが……」

父の声に耳を傾けながら、母の肖像画を思い浮かべた。波打つ金髪が見事な美しい方で、赤い瞳だった。あれは隣国の血筋なのだ。だから父とは色が違う。この国の国王と王太子は黒髪で、王妃様の金髪は目立っていた。おそらく金髪はロベルディの王侯貴族に多い色なのだわ。

私の予測を裏付けるようにお父様の話は続いた。

「アレッシアの肖像を見たか？」

「はい。美しい方だと思いました」

「ああ、とても美しくて優しい女性だ。だが……オレガリオは面と向かって、アレッシアの赤い瞳を不吉だと言った。まだ王太子だったが、友好国との関係を壊しかねない暴言だ」

その場に居合わせたのだろう。父は握った拳を震わせた。思い出した怒りに支配されたあと、ゆっくりと深呼吸して無理やり口角を持ち上げる。それは愚かな国王を嘲笑《あざわら》うようであり、止められない過去の自分を笑うようにも見えた。

「アレッシアは泣き崩れてしまい、婚約は消えた。だがこのままにはできないと、私がその場で彼女に婚約を申し入れたんだ。側近である私が惚れたため、オレガリオが嫌われるよう仕向けて辞退した。表面上そう取り繕った。義父上様は見抜いたうえで、その戯言を受け入れてくださったよ」

父の言う義父は、ロベルディの当時の国王陛下だろう。自国の王を名で呼び捨てるのに、隣国の先代国王陛下に対しては敬語を使う。そこにお父様の本音が透けていた。尊敬に値しない主君ならば見限る権利がある、と。

「同じ青い瞳を持つ公爵令嬢カ・ロ・リ・ナ殿が、代わりにオレガリオに嫁いだ」

名前の響きが違うことに首を傾げる私に気づき、父は険しい顔をする。ここにも何か愚行があったのかしら。

「ロベルディの呼び方が気に入らない。フェリノス風に直せ——嫁いだばかりのカロリナ殿に、愚かなオレガリオが初夜に言い放ったらしい。それ以降、カロリーナと名乗っている。なんともお気の毒なことだ」

あとから聞いたのだと悔やむ響きを滲ませる父は、そんな愚かな国王でも友人であり側近として支えてきた。崩れそうな隣国との外交を維持し、国内の反発する勢力を抑えながら。その努力を裏切ったのね。私を王太子妃にすることで、隣国との関係を修復する目論見《もくろみ》もあったんじゃないかしら。

「なぜ、そんな男が王になれたのですか」

口をついた言葉は取り返しがつかない。父は悲しそうな顔で目を伏せた。

一言で表現すれば、他に直系男子がいなかった。ただそれだけだ。これで執務を疎かにしたり、浪費をしたり、他に欠点があれば王位継承権は剥奪されたのだろう。

「あやつは愚かでバカだが、勉強はできる。机上の空論を立ち上げるたび、周囲が補正を入れてきた。今まではそれで国政が成り立ったのだ」

次世代に血を繋ぐだけなら、この一代だけ目を瞑ってくれないか。賢王だった先代に頭を下げられ、従兄弟《いとこ》を任せると言われたら断れなかった。

救いようのないバカだが、種馬としては使える。他の公爵家も同様の判断を下した。幸いにして当代の公爵家は、有能な当主が並んだ。侯爵家以下の貴族も、先代の願いを聞き入れて引き下がった。

「だが、あのバカは、またやらかした」

ぐっと拳を握る父の後悔が、声に滲んでいた。愚かな次世代を生み出し、王太子を支える周囲も……期待できない。父はそう吐き捨てた。

「では、王家は」

「交代となるだろう。最有力は我がフロレンティーノだったが、カリストがあの様《ざま》で使えない。アリーチェは女王になりたいか？」

「いいえ」

即答だった。記憶があったとしても、断ったと思う。

侍女の置いていった珈琲に口をつけた。強い苦味とわずかな酸味、鼻に抜ける香りが好きだ。この国では輸入品なので、高級な部類に入る。しっかり味わった。

このくらいの贅沢ができれば、それ以上を望んだりしない。王族だなんて、苦労を背負い込むだけ。私には務まらない。

「ならば、オリバレス公爵家あたりだな」

筆頭公爵家である我が家には、先代の姉君が嫁いでいた。私の祖母にあたる。父はその血筋を引き継ぐため、現時点で王家に最も近かった。王位継承権を放棄するなら、数代前の王女が降家したオリバレス家になるらしい。

貴族名鑑には記されない事情を聞いて、私は溜め息を吐いた。

「王妃様を名前でお呼びするのは、無礼ではありませんか？」

「ふむ……カロリナ殿は、志《こころざし》を同じくする仲間だ。先日の夜会では、誰も家名を名乗らずファーストネームで呼び合った。この国を真に憂《うれ》う者の夜会だからな」

地位や家名で先入観を作らない。そう決められたルールに従い、爵位も将軍などの肩書きも使わないのだ。父はどこか誇らしげに言い切った。

「でしたら、お兄様を連れていかないほうが良かったのではありませんか」

王太子側ならば、情報が漏れて危険だ。そう心配する私の髪を撫で、父は豪快に笑った。扉の向こうで控える執事が、何事かと覗き込むほど……大きな声だ。

「言っただろう、あれは理由がある。王太子側に情報を漏らす心配は無用だ。カリストは王太子に切られたからな」

王太子は兄を見限った。自分が恋する女性を認めなかったから？　意味がわからず混乱した私に、父は縺《もつ》れた糸を丁寧に解《ほど》いてくれた。

「夜会のひと月前にケンカ別れしたのは本当だろう。そのあとカリストは動かなかった。俺に何も言わなかったのだ。あの時点で知らせておれば、手が打てたであろうに」

王太子が私以外の女性を抱き寄せた姿を見て、距離を置いたのは事実のようだ。その話を父にせず、私にも知らせなかった。だから断罪事件は起きた。

どちらにつくか決められず、両方を天秤にかけたとしたら……なんて優柔不断な男なの。残った珈琲を一気に呷《あお》った私に、父は苦笑いした。

「情報が漏れても、今さら我々の動きは止められん」

放置しても構わないの言葉の裏は、相手に情報が漏れても困らないの意味ね。お父様の話からすると、ほとんどの貴族がこちら側についた。国王交代が起きるのなら、その前に記憶を取り戻したいわね。


王妃様とパストラ様のお茶会に私が参加した話は、社交界に一瞬で広まったらしい。というのも、あれから数日でお茶会の誘いが引きも切らない。

朝食のあとで開封する封筒は、高く積まれる。普段は銀のトレイに手紙を載せて運ぶ執事が、束ねて運んできた。優雅に数通を広げて、どれになさいますか？　の状態を保てない量になったのだ。

「俺の仕事の書類ぐらいあるな」

お父様は大声でからりと笑い、片っ端から封を切るよう指示を出した。開かれた手紙から、ゆっくり目を通す。家名は貴族名鑑で読んだ。けれど、どれが知り合いで関係が深い家なのか。まったく判断がつかなかった。

「参加したほうがいい家はありますか？」

「お前の気持ち次第だが、この辺は親戚だから俺が断ろう。それと……アルベルダ伯爵家とブエノ子爵家は、令嬢がアリーチェの友人だったな」

ほぼ同じ年齢で、貴族令嬢が二年通うことを義務付けられた学院で、付き合いがあったらしい。この二人の家名には覚えがある。ピンクの花模様に金房のお見舞いカードは、アルベルダ伯爵令嬢から。オレンジの線が入った香水付きの便箋は、ブエノ子爵令嬢からだった。

少なくとも嫌な感じはしないし、どちらも丁寧な文字で書かれていた。目覚めてからの短い記憶を辿り、私は二人の名前が入った誘いを手に取る。だが貴族令嬢同士のお茶会となれば、王宮のように父の付き添いは期待できない。

サーラは味方だが侍女だ。何かあっても、直接の口出しはできない。その状態で参加して平気だろうか。不安が胸を重くした。

「アリーチェ。頼むから父を頼れ。そうして黙って我慢されるのはつらい」

懇願するような響きに、俯いていた視線を上げた。大きな体にややキツイ顔立ち、熊のような人なのに眉尻を下げると雰囲気が変わる。まるで主人に叱られた大型犬みたいだわ。

ゆっくり息を吐いて、顔を上げた。

婚約破棄されたとしても、私は公爵令嬢だわ。この貴族社会で王族に次ぐフロレンティーノ公爵家の娘。危害を加えられる可能性に怯えて俯く必要はない。

「お父様、知恵をお貸しください。このお二人と会って話したいのですが、お茶会にお父様の同行は無理だとわかっております。どのようにしたら」

「ふむ。それなら逆に考えたらいい。全部断って、お前から二人を誘ったらどうだ？　相手の領域に踏み込むのは勇気がいるが、己の手元に誘い出すのは簡単だ」

ぱちくりと瞬きし、少し考える。この屋敷の一角、客間でも庭でもいい。私が有利になる環境へ、話したい相手を呼べば良かった。公爵令嬢ならそれも許されるはず。味方ばかりの屋敷ならば、安心して会える。

「そうします」

「危険がないよう、俺が離れて待機しよう。彼女らの同伴者は侍女一人に限定すれば、当事者のみで話ができるであろう」

国政に関わってきた父の意見に頷き、そのように手配するよう指示した。お茶会の準備は執事カミロに任せられる。当日の護衛を兼ねて、侍女サーラが付き添うと決まった。

先ほどの会話で気になった部分を、そのまま尋ねた。

「お父様、お茶会の日に家にいると仰いましたが、仕事はどうなさるのですか？」

「仕事か……王宮の仕事なら辞めてやった。領地の書類だけなら屋敷で片手間に処理できる」

にやりと悪い顔で笑ったお父様は、公爵閣下というより悪人のよう。辞めてやった……つまり、一方的に辞職した。王宮ではなんの仕事をしていたのか。今頃部下の人が困っていないといいけれど。

お茶会の朝、私は明るいミントを選んだ。ワンピースに近いドレスはレースがふんだんに使用され、豪華な感じが気に入っている。締め付けられるドレスで戦いに望むより、自分らしく立ち向かおうと考えた。父やサーラも反対しないので、マナー違反ではないと思う。

最低限の生活に関するマナーや慣習は頭に入っている。思い出そうとしなくても、自然と体は動いたし挨拶や受け答えも浮かんだ。お茶会は問題なくこなせそうだ。

ワンピースは裾の長さがやや短いものの、下に白いレースのスカートを纏うことで長さを調整できた。スカートは豪華なペチコートなのだけれど、マナー違反に該当しない。銀髪を結おうとしたサーラの手を止めた。

「こうして留めてくれるかしら」

千切れた髪が目立つ左側を上げ、わざと傷んだ部分を見せつける。逆に右側をふんわりと髪留めで固定した。これを見てどんな対応をするのか。彼女達の反応が知りたかった。

お見舞いに記された謝罪は、全面的に非を認めたと感じさせる文面だった。今回のお茶会の誘いに、彼女達は翌日には出席の連絡を送ってきている。

誠意を見せる気があるのなら、私が置かれた過去の話を聞かせてほしい。そう綴った誘いに、彼女達は出席を選んだ。覚悟は決まっているはずよ。

装飾品は控えめに、銀とパールの髪飾りと同じデザインの耳飾りのみにした。指輪は食器に触れるから邪魔だし、胸元に刺繍が施されたワンピースなら、首飾りは不要だ。さっと確認し、立ち上がった。

玄関ホールで迎えるのは夜会や晩餐会のみ。お茶会は決められた会場で待つものよ。

今回は中庭の温室を利用する。ここならば、お父様が確認しやすい。公爵家の屋敷の敷地は広いが、外部から侵入される心配もなかった。広大な屋敷を維持するため、侍従や侍女だけでなく騎士も多く雇われている。巡回を増やすよう命じる父に微笑んで足を止めた。

「お父様、行ってまいります」

「何かあればサーラに申し付けよ」

「はい」

サーラが合図を出す役割を担う。その手筈《てはず》も整えていた。一礼して通り過ぎようとしたところに、思わぬ声がかけられた。

「アリーチェ、その……綺麗だぞ」

「あり、がとうございます」

まったく予想しなかった褒め言葉に、ぎこちなくお礼を口にした。頬が赤くなる。嫌だわ、父親が娘を褒めるなんて珍しくないでしょうに。でもサーラは驚いた顔をしているし、私も照れてしまった。もしかして、普段はこんな会話はなかったのかしら。

顔を上げて温室へ入り、用意されたテーブルの椅子に腰掛ける。残念ながら温室を利用した記憶もないため、心細さを感じた。深呼吸して自分に言い聞かせる。ここは我が家で、お父様やサーラが守る自陣よ。誰も私に危害を加えたりできないし、それを許さない。

「アルベルダ伯爵令嬢がご到着です」

声に出さず頷くだけ。執事のカミロは灰色がかった頭を下げた。通されたご令嬢の名はイネス、美しい赤毛と緑の瞳を持つ。オレンジとイエローのグラデーションがかかったスカートを摘まんで、一礼した。礼儀作法は完璧ね。

「ようこそ、アルベルダ伯爵令嬢」

座る席を手で指示する。長細いテーブルの突き当たりに私が、反対側に令嬢達の席が用意された。距離を設けたのは、お父様の指示だ。入り口から遠い、私から見て左側へ彼女を座らせた。

わずか数秒、彼女は驚いた顔を見せた。おそらくブエノ子爵令嬢が遅れているせいね。一般的にはお茶会の時間を逆算して、下位の貴族から訪問する。ブエノ子爵令嬢が遅れるなんて、何かあったのかしら。

お茶会は招待した者、続いて下座から埋まる。最後に上座の客が座り、揃った一堂の前で開催者が挨拶して始まるのが常だった。子爵令嬢であるリディアがこの慣習を知らないはずはない。

もし、アルベルダ伯爵家でお茶会が催されたとしても、彼女が先に入場することは確定だった。なのに、遅れてくる。それも大事なお茶会だと知りながら……？

違和感を覚えたのは、アルベルダ伯爵令嬢も同じだ。用意された向かいの席をじっと見つめる。私はサーラを手招きし、カミロ経由でお父様に話すよう伝えた。単純な遅刻ならいい。いえ、良くはないかしら。

我が公爵家を蔑ろにする行為だもの。序列社会にケンカを売るに等しい行為だけに、こんな愚かな失態をする貴族はいない。事前に遅れることが判明すれば、使いを走らせれば済んだ。

現状で考えられる中で可能性が高いのは、事故。車輪が壊れた、馬がケガをした。そんな理由で馬車が立ち往生し、動けなくなる。すでに家を出たあとなら、使いが出せなくておろおろしているでしょう。

助けの手を差し伸べておいて、損はない。冷たいようだけれど、彼女は手紙で私に詫びた。後ろ暗い行いをしたか、または助けなかったか。私に負い目を感じているのは間違いない。こちらに記憶がない以上、情けをかけようがなかった。

伯爵家や子爵家のご令嬢へ上位者と敵対しなさい、なんて言わないけれど。何があったのか話すくらいは、望んでもいいわよね。

「ブエノ子爵家へ使いを出します。先にお茶をいただきましょうか」

「はい。本日はお招きいただきありがとうございます。アルベルダ伯爵家次女イネスでございます」

一般的な挨拶を終えたあと、彼女は迷いながら付け足した。

「王家主催の夜会では、お助けすることができず……申し訳ございません。あんなに恩を頂いたのに、仇《あだ》で返してしまいました」

ピンクに染めた唇が、くっと歪む。引き結んだ口元がぴくりと動き、緑の瞳は潤んでいた。泣いてはいけないと自制したのか、何度も不自然な瞬きをして肩で息をする。

「ゆっくり話をしましょう。時間はあります」

そう切り出した私は、あの日の話が知りたい。けれど、記憶がないことを暴露するか。それとも切り札として温存するべきか、迷った。

ひとまず様子を見ましょう。彼女の仕草から、かなり追い詰められている感じがした。

「一緒に学院へ通い、仲良く過ごせていたと思ったのに」

どうして？　そんな濁し方で話を誘う。水を向けられたアルベルダ伯爵令嬢は、手にハンカチを握って俯いた。

執事カミロも侍女サーラも、アルベルダ伯爵令嬢とブエノ子爵令嬢は友人だと証言している。何度も遊びに来たことがあるし、爵位の垣根なく親しくしていた、と。

公爵令嬢を敵に回す状況に追い込まれたなら、王太子の指示かしら。それとも物理的な隔離などの強引な手法？　まさか、ただ様子見をしたわけじゃないわよね。

社交用の冷たい微笑みを浮かべ、私はアルベルダ伯爵令嬢の「言い訳」を待った。

「親しくしたこと、お忘れではないでしょう？」

裏切ったのなら白状なさい。匂わせた裏の言葉に気づいた伯爵令嬢が青ざめた。このまま黙っているなら、帰そうかしら。そう思ったところで、ようやく口を開いた。

「夜会の数日前でした。王太子殿下の側近であるドゥラン侯爵令息より、呼び出されたのです。次の夜会では大人しくしていろ、もしアリーチェ様に味方したら家を潰すぞ。こちらには王家が控えているんだ、と」

勢いをつけてここまで言い切り、慌てた様子で頭を下げた。

「申し訳ございません。以前にお許しいただいたので、フロレンティーノ公爵令嬢のお名前を呼んでしまいました」

「それはいいわ」

名を呼ばせていたなら、爵位の枠を超えて仲良くしていたのは事実だろう。ドゥラン侯爵家は嫡男クレメンテと、妹で長女のミレーラのみ。以前に手紙を寄越したのは、ミレーラのようだ。このまま聞き出せるといいけれど。

私が怒っていると思ったようで、アルベルダ伯爵令嬢は俯《うつむ》いた。

出生届が出された貴族家の子女は、全員、学院へ通う義務がある。たとえ庶子であっても、家の名で出生届が出されれば実子と同じように義務が生じた。そのため、なんらかの理由で庶子を家に住まわせても、養子縁組や届を出さない貴族が多い。

令嬢は十六歳になれば二年間、令息は十五歳以上で四年間、学院へ拘束される。通う時期は自由なので、家の事情で二十歳近くになってから通わせる家もあった。特に遅らせる理由がなかったため、私も十六歳から通ったらしい。兄カリストは十五歳から通い、ずっと首席を維持していた。

十九歳になる兄は今年で卒業である。二歳年下の私も今年卒業予定だった。予定というのは、学院へ通わない選択をしたからだ。王家の許可が必要だが、王妃様の発行可能な書類だった。

王太子に婚約破棄され殺されかけた、その話は冤罪であった事実と共に噂になっている。いいえ、父や貴族派が積極的に広めていた。否定されず燃料を投下し続けると、噂は驚くべき早さで延焼するのだと大笑いしていたわね。お父様、必要以上に敵が多いんじゃないかしら。

「ドゥラン侯爵家なら、謝罪のお手紙をいただきましたわ」

すでに謝罪を受けて和解が成立したかのように微笑む。引っかかるか、諦めるか。彼女の反応を見ながら、用意されたハーブティに口をつけた。ゆっくり舌の上で転がし、喉へ流し込む。爽やかなシトラス系の香りと苦みも渋みも感じない薄味を楽しんだ。

彼女の前には紅茶を用意させた。特に気にした様子は見られず、蜂蜜を垂らして口をつける。アルベルダ伯爵令嬢は毒殺未遂の一件で、直接の関わりはなさそうだ。怯えたり手を止めたりする仕草はなかった。それだけでは信用できないが、一つの判断材料にはなる。

私はまだ手探りで情報の欠片《かけら》を集めている段階だ。手掛かりは一つでも多く欲しい。

「アルベルダ伯爵令嬢、あなたは私を裏切ったのね。とても残念だわ……とても」

わざと尾を引く言い方を選ぶ。指先で紅茶のカップの縁をなぞった。マナー違反だけれど、意味は通じるだろう。あなたの首は風前《ふうぜん》の灯火《ともしび》、いつ落ちてもおかしくない。残念だけど仕方ないわね、そんなニュアンスを忍ばせた呟きに、驚くほど反応した。

「でも！　証言できます。王太子殿下の命令を受けたドゥラン侯爵令息と、戦う覚悟はできています。ですから、リディアとお茶会を計画しました。どうか……」

もう一度だけチャンスを。そんな嘆願の響きを、思わぬ来訪者が破った。

「アリーチェ！　お前は無事だな……良かった。落ち着いて聞いてくれ。ブエノ子爵令嬢が亡くなった」

「……はい？」

衝撃的な言葉だ。お茶会の参加者が遅刻し、その行方を探ったら死亡？　それ以前に、どうして子爵家からその連絡が入らないの。今頃になって、何が……。

混乱する私以上に、アルベルダ伯爵令嬢はパニックになった。悲鳴を上げて、綺麗に結った髪を乱しながら机の下に潜り込む。そのまま震えて丸くなり、出てこなくなった。

「アルベルダ伯爵令嬢？」

驚いた顔をする父の呼びかけにも、意味不明な反応を見せた。私は何もしていない、違う、そうじゃない、冤罪だって言ったのに、次は私……同じような呟きを繰り返し、やがて動かなくなった。恐怖が高まりすぎて気を失ったらしい。

私とお父様を庇うように立つ護衛騎士と執事が、ほっとした様子で肩の力を抜いた。

「気を失われたようです」

カミロの報告に、父は伯爵令嬢の侍女を呼んだ。同行させた侍女は乱れた髪に驚いたものの、具合が悪そうだと告げる執事に頷く。

「実はお顔の色があまりにも悪く、奥様や旦那様にも止められておりました。どうしてもと無理を仰られて……ご迷惑をおかけし申し訳ございません」

男爵家出身だという侍女は、心配そうにアルベルダ伯爵令嬢に付き添う。空いている客間を使うよう指示し、騎士によって運び出された。

「お父様、さきほどの……その、ブエノ子爵令嬢のお話ですが」

「間違いなく本人と断定された。事故ではなく、襲撃があったらしい。生き残りがおらず詳細は不明だ」

お茶会に出席しようとしたから？　話してはいけない何かを彼女が知っていたなら、伯爵令嬢も同じなのではないか。あの怯えようは異常だった。顔を上げた私は、父も同じ結論に至ったのだと理解する。

「アルベルダ伯爵令嬢は、回復するまで当家が責任をもって預かる。カミロ、その旨を伯爵家に伝えよ」

お父様の命令に、カミロは一礼して動き出した。

未婚のご令嬢を預かる。普通ならば、迎えを寄越すから帰してくれと言われる状況だった。にもかかわらず、ご両親からは「ご迷惑をおかけしますがお願いします」と丁寧な挨拶が届く。その手紙と一緒に、彼女のドレスや身の回りの物を携えた侍女が送られてきた。

「アルベルダ伯爵家は貴族派に属している」

お父様の発言に驚きはなかった。伯爵令嬢イネスを我が家に送り出したアルベルダ家は、驚くほど多くの護衛をつけたらしい。我が家の門が見えた場所で護衛は足を止め、ご令嬢の馬車だけが敷地内に入った。それは敵対する意思はないが、なんらかの不穏な情報を得ていたという意味だ。

おそらくブエノ子爵家は護衛の数を揃えられなかった。またはご両親がそこまでの危険を感じておらず、情報も得られなかったのだろう。

伯爵と子爵の間にある爵位は一段階だが、ここは財力や権力に大きな差が生じる。子爵家と男爵家に大した差はなく、伯爵家より上は一つ上がるごとに目に見える格差があった。

「私が呼ばなければ良かったのかしら」

お茶会に誘わず、私が出向いたなら。そう思ってしまう。フロレンティーノ公爵家の財力と、お父様の権力や情報収集能力なら、事前に察知して護衛を増やせた。一番危険な子を、わざわざ敵の手が届く位置に呼び出してしまうなんて。

後悔にきゅっと唇を噛んだ。咎《とが》めるように父の手が顎をすくい上げる。

「後悔は必要だが、もしブエノ子爵家にお前が出向くと言ったら……俺は全力で止めた。アリーチェ、自分を憐れむように嘆くのはやめろ。これは必然だったのだ」

死を嘆くだけで無駄にするな、必要な出来事に変えていけ。そう告げる父の言葉に、非情さより悲しみを感じた。誰かが犠牲になるなら、愛娘でなくて良かった。こう考えるのが父親なのね。

リディアの死をただの不幸で終わらせる気はない。だから俯いている時間なんてないわ。深呼吸して気持ちを切り替える。傷になった唇をぺろりと舐めた。お行儀の悪い行為も気にならなかった。私は生きている、叱られることができる立場で生きているのよ。

「アルベルダ伯爵令嬢は、ドゥラン侯爵家が絡んでいると言ったわ」

「そうだろうな。お前宛に白い封筒が届いたはずだ」

「ええ。カミロに預けて返信してもらったはずよ」

私が直接ペンを取って返事を出したのは、今日のお茶会の二人だけ。残りは一般的な内容なので、すべて執事の代筆を頼んでいる。当然、ドゥラン侯爵家とトラーゴ伯爵家も同じだった。

「封筒が変色したのを知っているか？」

「……いいえ」

封筒が変色？　首を傾げた私をリビングのソファへ誘導する父と並んで座る。最近慣れたというか、理解した。お父様は私を甘やかしたいらしい。執事カミロに「どうやって過ごせば娘と距離が縮まるのか」やら「一般的な父親は娘と並んで座っていると聞くが」やら、奇妙な質問をしたんですって。

既婚者だけれど息子しかいないカミロが、娘のいる侍女や出入り業者に質問する姿をサーラが目撃して教えてくれた。並んで座る父娘は、世間一般では少ないと思うけれど。嫌ではないので断らない。心配され、愛されていると感じるから。

「実は、ドゥラン侯爵令嬢に返信しようとしたカミロが、封筒の糊部分が黒ずんでいるのを確認した。……ああ、その……言いづらいが……毒の可能性が高くて、な。すぐ専門家に調査を依頼したのだ。その結果は、遅効性の神経毒らしい」

遅効性なのは、自分達に疑いを向けないため。なぜ神経毒なのか。

「この程度の微量では、口に入っても麻痺が出たり記憶が混濁したりする程度だと聞いた。つまり、お前への脅しだ」

毒と聞けば怖がると思い黙っていた。そう付け足した父は、私の手をそっと膝の上で包んだ。心配なのだと、大柄な体を丸めて眉尻を下げる。

大丈夫よ、衝撃はないわ。あの紅茶のように、直接危害を加えられていないせいね。顔を上げて口角を持ち上げた。

「お父様はこのまま黙っているおつもり？」

報復を考えているのでしょう。そう尋ねる響きに、お父様の表情が目に見えて明るくなった。

「報復は絶対だが、他の材料も集めなければならん」

アルベルダ伯爵令嬢から、何を聞き出せるか。それ次第で王家の命運は潰《つい》える。先に手を出したのがあちらなら、それも仕方ないのでしょうね。


混乱して気を失ったアルベルダ伯爵令嬢は、翌朝まで目覚めなかった。ここに滞在することも含め、話をするために客間へ足を運ぶ。

サーラのノックで扉が開いた。風変わりなノックの音で、侍女がちらりと顔を見せる。この侍女はアルベルダ伯爵家から送られてきた子ね。見覚えのない侍女は、すぐに一礼して中へ招き入れた。

「おはようございます。アルベルダ伯爵令嬢、ご機嫌はいかが？」

「おはようございます。ベッドの上で失礼いたします」

熱が出たと聞いている。だから、身を起こそうとした彼女を手で押し留めた。公爵令嬢の地位は高いけれど、病人を起こして挨拶させるほど偉くない。私はそう考えるが、彼女は恐縮した。

「アルベルダ家には、体調が回復するまでお預かりすると伝えました。この屋敷内にいれば安心ですわ」

体調不良に関する話にも聞こえるし、毒殺や暗殺への防御にも取れる。どちらともつかない曖昧な濁し方をして、私は朝食を運ぶよう命じた。

「ゆっくり静養なさってね。私もお父様も屋敷にいますから、退屈なら話し相手になれるわよ」

にっこり笑う。貴族令嬢として貼り付ける仮面のような笑顔だ。内心の想いや考えを一切外に出さず、ただ美しく微笑む。淑女の微笑みなんて呼ぶ人もいた。私にしたら仮面でしかないけれど。

遠回しに、全部話してしまえと圧力をかけて立ち上がった。運ばれた朝食とすれ違いに部屋を出る。

「お父様は食堂ね。私も向かいます」

サーラを連れて廊下を歩き、ふと気になった。この屋敷内で、私に危害を加える者はいない。少なくとも現時点で危険な動きはなかった。でも、彼女に対しては？　当家に傾倒していれば、アルベルダ伯爵令嬢の行いを誅《ちゅう》しようと考える者がいるかもしれない。

ちらりとサーラに目をやるも、こういった話はお父様にしたほうがいいと考え直した。食堂で席に落ち着き、遅れてきた父に相談する。謀略や策略を何度も潜り抜けた父は、こういった面で秀でていた。

「すでに手を打った。よく気づいたな」

「いえ……実はノックの音が風変わりだったので、もしかしたら？　と思いまして」

パンをちぎって口に入れた。咀嚼する間に、対策の内容をざっと聞く。執事カミロもいくつか補足を入れた。

「我が家では安全に過ごせますのね？」

「ああ、大切な証人をむざむざと失うわけにいくまい」

にやりと笑ったお父様の表情に、伯爵令嬢への気遣いはなかった。フロレンティーノ公爵家として預かった身柄の安全確保、重要な情報を持つ令嬢を傷つけずに証人として保護する。さらに彼女を逃さない。すべてに自信があるからね。

朝食を終えたテーブルに、珈琲が用意された。砂糖をひと匙とミルクをたっぷり。お父様の前に置かれたカップは、すでに珈琲の色をしていなかった。

「王太子の処分が確定した。半年の謹慎と、我がフロレンティーノ公爵家への慰謝料だ」

「それだけ、ですか？」

「当然、どの貴族も納得などしていないさ。側近達に関しては、まだ結論が出ていない」

「浮気相手はお咎めなし、でしょうか」

「あの女に関しては、情報が統制されているようだ。元国王派の、ある貴族が探りを入れている」

元国王派だが、今は貴族派に乗り換えた。しかし表面上は国王派のフリをして、情報を集めているらしい。そのため、その家の名は口に出なかった。知ったからと私に利益があるわけでもなく、尋ねる必要も感じない。

「アルベルダ伯爵令嬢は、浮気相手について知っているはずですね」

「ああ、熱が下がったら尋ねるとしよう」

珈琲を飲み干したお父様は、そのあと意外なことを言い出した。

「今日は屋敷の庭を散歩しようと思うが、一緒にどうだ？」

突然の申し出に、迷うことなく頷いた。

綺麗に整えられた小道を進み、森になった一角にシートを敷いて座る。何か話があるはず、そう思って待つ私に、お父様は何度か言い淀んでから切り出した。

「ずっと謝りたかったのだ。アレッシアの死後、俺は仕事に没頭した。寂しかったし悲しかったからな。お前達も同じ気持ちだと、思いやれなかった」

思っていた方向と違う。そう思ったものの、私は黙って聞き手に徹した。今後も私はお父様の庇護下で生きていく。敵に回したくないのが一つ、もう一つは過去に言及するお父様に興味を引かれた。毒を盛られる前の私でさえ知らなかった一面が、ここでさらけ出されるのだから。

見上げるほど背が高く、筋肉の鎧を纏った屈強な体でも……こうして肩を丸めてしまえば小さく見える。何も言わない私に目を合わせ、お父様は震える息を吸って吐いた。

「アレッシアを今でも愛している。いつの間にか、アリーチェもそっくりになったな」

「似ていますか？」

「ああ、髪色こそ俺に似たが……目元などそっくりだ」

なぜか目の奥がじわりと熱く、鼻がつんと痛んだ。涙が零れそう、ぐっと力を込めて目を見開き深呼吸する。お母様の肖像画はとても綺麗だった。少しでも似ていて、お父様の慰めになるなら良かったわ。素直にそう思えた。

ここで自覚する。私は家族を憎んでいないのだわ。助けが届かなかった事実を知っても、お父様やお兄様を嫌いになれない。

「記憶をなくす前、お前は一度だけ俺に相談をした。その時、どうしてもっと気遣えなかったか。ずっと悔やんできた。話さないのはフェアじゃないだろう」

お父様にとっては隠しておきたい失点なのね。話す決断をしてくれたことが嬉しい。遮らずに黙って頷いた。

「婚約破棄の半年近く前か、アリーチェは俺に弱音を吐いた。王太子との婚約を解消してほしい、と。彼は他に好きな人がいて、もう一緒にいても苦痛しか感じないから。そう言って涙を見せた」

思い出したようで、父の顔が歪む。

「もっと話を聞けば良かった。だが、俺はどう接したら良いかわからず、突き放してしまった。なんと身勝手な発言か、政略結婚の意味を考えろと……話を終わらせた。お前は青褪めて、何も言わずに去った」

想像がつく。きっと必死の思いで吐き出した弱音だったの。政略結婚なのは百も承知で、それでも「可哀想に」と傷ついた心を理解してほしかった。

たとえ婚約の解消が無理でも、その時に対応してもらえていたら……何か違ったかもしれない。いいえ、覚えてもいない過去を勝手に悔やんでも仕方ないわ。

「仕事が忙しい。今は手が離せない。どちらも俺の言い訳だった。アリーチェとの時間を取らず、逃げ回ったのは事実だからな。アレッシアを喪《うしな》ってから、仕事に没頭する時間だけは彼女を忘れられた」

言いたいことはわかる。私がお母様に似ていれば似ているほど、お父様の苦しみは増したはず。逃げる理由として仕事があったから、お父様は私に八つ当たりせずに済んだ。でも同時に、あの頃の私にとって放置は無関心と同じだったはず。

実感できないのに、涙がじわりと浮かぶ。慌てて瞬きして散らした。ここで泣くなんて卑怯だわ。お父様を責めるも同然だから、泣くなら一人になってからよ。

自らに言い聞かせて堪える。お父様は遠いどこかを眺めるように、視線を宙に向けていた。涙を誤魔化せたことにほっとする。

「アレッシアによく似たアリーチェを見るたび、喪った痛みを思い出してつらく……思いやる余裕がなかった。父親失格だな」

母を喪って悲しいのは、私もお兄様も同じはずだ。記憶が欠けてから、感情が鈍くなったように感じていたけれど……そうじゃないの。許容量を超えた出来事に、私の感情や処理能力が追いつかないだけ。

「すまなかった、アリーチェ。過去の愚かな父を許してくれ。何より、これからはお前を守らせてほしい」

お父様は本心から、私に悪いと詫びている。この現実を受け止めて、これからは味方になってもらえるなら。私が口にすべきは、断罪より感謝だろう。

「話してくださってありがとうございます、お父様」

「あの夜会まで放置した俺は、最悪の父親だ」

否定も肯定もできない。だって、その時の気持ちを私は覚えていない。今なら赤い表紙の日記帳に記したでしょう……そうだわ。

「お父様、一つお聞きします。以前の私は、日記帳やお手紙をどこに片付けていましたか？部屋に見当たらないのです」

「日記帳……部屋は触っていない。大事な手紙は黒い箱に入れて眠らせるとか……おまじないの類《たぐい》だろうと聞き流したが」

「黒い、箱」

部屋で見かけた覚えはない。侍女のサーラなら知っているはずよね。あとで探してもらおう。

話して気が楽になったのか、お父様はエスコートの手を差し出した。素直に腕を絡めて歩き、途中で躓《つまず》いて抱き上げられた状態で戻る。使用人の目が恥ずかしいけれど、自室のベッドに優しく下ろされた。

甘え方も忘れたみたいで、擽《くすぐ》ったい不思議な感情を持て余す。

「サーラ、足を冷やしてやってくれ。医者は手配する」

大袈裟《おおげさ》だと思ったが、素直に受け入れた。アルベルダ伯爵令嬢の件があるので、医者が滞在している。診てもらえばお父様も安心してくれるだろう。微笑んで了承したが、なぜか父は離れずにずっと付き添った。そういえば……今はお仕事をやめて時間が余っているのね。

アルベルダ伯爵令嬢が回復したと報告を受けたのは、翌日のお昼前だった。朝は大事をとって部屋で過ごしてもらう。その間、私とサーラは黒い箱探しに躍起になった。

簡単に見つかると思ったのに、見た記憶はあるが管理していないとサーラは答えたのだ。おまじないなら、自分だけが知る場所に片付けた可能性が高い。ベッドの下や、鍵のかかった引き出しの中も確認した。黒い箱にこだわらず、日記帳も対象にする。

黒い箱に手紙を入れると聞いたから、別の色をした箱の可能性もあった。捜索対象が複数になったけれど、サーラは「仕方ありません。記憶がないのですから」と笑って協力してくれる。ありがたいわ。手伝ってもらったお礼を考えておこう。

寝室を探し尽くし、続き部屋の書斎を兼ねたリビングに取りかかった。続き部屋といっても、間に扉や壁は存在しない。本来二部屋だったのを変更して、開放的に改築された。書斎になった側は、廊下に繋がる扉のみ。逆に寝室からは水回りと衣装部屋への扉がある。

日記や手紙なら書斎の可能性が高いと、二人で本を引っ張り出しては戻す作業を繰り返した。貴族らしく天井まで本を詰め込んだ書棚は、探し物をするには最悪だった。ほとんどは飾りだと思ったのに、きちんとした本が並んでいる。上の棚はサーラが脚立《きゃたつ》で確認した。

さすがにその高さは、毎日記す日記帳を隠すには向いていない。手に取りやすい高さ、または下で目に留まらない位置かしら。

「見つかりませんでした」

「ありがとう、気をつけてね」

降りるサーラに声をかける。侍女服のスカートは足首あたりまであり、踏みそうで怖かった。その懸念が当たり、彼女が足を滑らせる。

「きゃぁ！」

「サーラ！」

慌てて脚立の下でサーラを支えた。彼女自身も前に体を押し付け、バランスを取った。落下せず済んだことに、ほっとする。

ノックの音がして、扉の外から声がかかる。

「何かございましたか？」

騎士になんでもないと答え、少し考えて付け足した。

「大丈夫よ、躓いただけなの」

何かあれば頼ってほしいと答え、騎士は扉を開けなかった。いつも扉の外にいる金茶の髪の青年だろう。彼は私が男性を怖がっていると知ってから、無理に距離を詰めない。その意味で、安心できた。

脚立を書棚側に押し付けたので、下段の本が崩れてしまった。踏まないようにサーラを誘導する。

「お嬢様におケガはありませんか？」

「ええ」

「ありがとうございます」

いいえと首を横に振った私は、奇妙な本に気づいた。周囲の本がすべて開いて落ちたのに、その本だけ閉じている。でも、背表紙で立っていた。

背表紙を下に、本は開くはずなのに？

拾って、本の形をした木箱だと気づいた。開け方がわからない。振ってみると音がするので、中身はあるようだ。重さはさほどでもなかった。

「これ、どうやって開けるのかしら」

「お借りします」

受け取ったサーラは首を傾げながら、いじり始める。表紙や背表紙は黒く塗られ、白い字で詩集の名が書かれていた。一見すると本にしか見えない。期待する私の耳に、カタンと音がした。

「開きました」

「すごいわ、ありがとう」

返された木箱は、黒い表紙が蓋になって開く。仕掛けはあとで教えてもらうとして、まずは中身だ。すべて封筒だった。重くないと感じたのは、日記帳が入っていないからだろう。

「日記帳じゃなかったわね」

ガッカリしながら手紙を裏返し、私は目を見開いた。王太子の名前が記された封筒だ。家名や地位はなく、ただ「フリアン」とだけ。中身を確認せず、二通目を裏返す。

アルベルダ伯爵令嬢イネス、ブエノ子爵令嬢リディアが続いた。十通ほどの手紙の下に、無記名の封筒がリボンで綴じてある。

上質な紙と綺麗な筆跡は見覚えがあった。先日、クラリーチェの女性名で届いた手紙に似ている。念のため、あとで確認することにして一通だけ引き出した。無記名で同じ紋章の手紙は一束あり、どれも丁寧に畳み直して保管されている。

大切な手紙なのね。何度か手紙を往復したなら、親しい人かもしれない。

「お父様と読むことにするわ。先に日記帳を探しましょう」

一時保留として、テーブルの上に木箱を置く。色もデザインも不明の日記帳探しは苦戦し、結局その日は発見できなかった。

夕食後に紋章だけの手紙をお父様にお見せした。紋章を見るなり、お父様は「この方はお前の伯母君だ」と断言する。伯母様がいるのね。お母様の姉、なぜかそう直感した。お父様の親族なら、俺の姉と表現するはずだから。

伯母様について口が重いお父様は、早々に「酔った」と言い残して部屋に引き揚げてしまう。

もしかして仲が悪いのかしら。でも悪い印象は受けなかった。丁寧で美しい文字が私の近状を尋ねて、庭に咲いた花の話題などで締め括られる。

私を嫌っている人の手紙ではないし、箱の底に仕舞っていたなら大事な人でしょう。

翌日は朝から日記帳を探し、朝食をご一緒したお父様も加わって書斎の本棚を調べた。これ以上探す場所はないと思ったのに、お父様は本棚の足元にある飾り板を弄《いじ》る。

「俺の書斎の本棚はここに細工がある。この部屋にも作ったかもしれん」

覚えていないが、可能性は高い。そう言われて、同じように飾り板を順番に叩いた。高さは膝下程度、ここに本を置いても膝をつかないと取れない。そのうえ、本が埃に塗《まみ》れたり蹴飛ばしたりする可能性があった。そのため、本棚の下部を、飾り板にしたのだ。

説明されながら、板の上下左右をぽんぽんと叩く。軽く叩いたら、ぽんと押し出されるように浮くらしい。

母も同じように叩いたのかしら。ふと、そんな思いが浮かんだ。

いくつか叩いたが反応せず、諦めかけたところで……一番奥の隅にある板が浮き上がった。指を引っかけて手前に開く。蝶番《ちようつがい》で留められた板は、まるで扉のように右へ動いた。

「お父様、ここみたい」

「一番奥か」

苦笑いするお父様の部屋では、中央の板が左右に開くとか。仕掛けを施した職人は、随分と工夫を凝らしたのね。開いた中に手を入れると、数冊の本が入っていた。

一冊ずつ取り出す。なぜか縦に立てかけた形ではなく、横に積み重ねていた。上から新しく、下へ古くなる日記帳の山だ。

「日記帳……青い表紙だわ」

紺色と呼ぶべきか、深い青の表紙に装飾はなかった。ダイアリーの表記があるだけ。全部で六冊あった。一番下から出てきた一冊だけ、白い表紙に金文字だった。

「ここに……あったのか!?」

お父様は驚いた顔をしたあと、取り繕うように咳を一つ。それでも落ち着かなかったのか、深呼吸をしてから口を開いた。

「これはアレッシアの日記帳だ。表紙に見覚えがある」

「お母様の……」

なぜ私が管理していたのか。一冊しかない白い表紙を手で撫でる。これはあとにしましょう。棚の奥に戻し、青い表紙の日記帳だけを書斎の机に運んだ。

足が痛いだろうと気遣い、父が本を持った。昨日の躓きならば、もうなんともないのに。お医者様も何もないと太鼓判を押したし、サーラに冷やしてもらった。それでも持たせろ、とお父様は譲らない。

変ね、また擽ったい感じがする。親子ってこんな感じなの？　知らなかった感情がじわりと広がり、私はむず痒い感覚に耐えた。

言葉に甘えて、日記帳を机の上に並べる父の手を見守る。椅子に腰掛け、一番新しい日記帳を開いた。

「こういう場合って、後ろから読むのかしら」

首を傾げた。新しい日付から遡《さかのぼ》るか、お父様に相談した半年前から読むべきか。お父様は少し考え、意見を出した。

「俺なら半年前の日付を読んで、内容によって遡るか決める」

「では、そうしてみましょう」

一般的には日記は人に読ませるものではない。家族であっても勝手に読むことはなかった。だけれど、自分の記憶がないことで、まるで他人の秘密を読むような背徳感が募る。真ん中あたりを開き、日付を確認した。ここは夜会の数週間前みたい。

ぱらぱらと大量に遡り、この日記帳の始まりに近いページに目を通した。ちょうど半年ほど前だ。

お父様と並んで座り、黙々と読み進める。退室したサーラが戻って、お茶を用意したことにも気づかず……夢中になった。

私が文字に違和感を覚えたのは、最初に日記を書いた日だ。装飾過多で読みづらいと感じた。そのため、現在は装飾を減らして文字を記している。

日記帳の文字は、驚くほどシンプルだった。美しい形の文字が、淡々と並ぶ。くるりと文字の一部を巻いたり、飾りをつけたりした場所は見当たらなかった。人前で記す文字と、自分用の日記で筆跡を変えていたのかしら。教科書の手本のような文章を読み進める。

――学院の皆が私を悪女扱いすることを嘆く文面、王太子が種火を放った噂は側近に煽られて広がった。まるで他人事のように書かれたページの最後に、震える字が一行だけ。

いっそ、死んでしまいたい。

どきりとした。迷って、前の日を捲る。父に相談した日だったようで、その話が書かれていた。必死で、勇気を振り絞ったのに一喝される。その恐怖と、誰も助けてくれないと嘆く文章が続く。

隣の父の肩が揺れた。

さらに一日遡った。ページの終わりまで読んだ私は、思わず日記帳を手で払いのけた。落ちた日記を父が拾い、そっと机に置く。肩で息をしながら日記帳を睨み、きゅっと唇を噛んだ。

「いいか？」

先を読んでも構わないかと確認する父に頷く。父に話した前日を探し当て、目を通したお父様は「なんということだ」と呟いた。ここでようやく、サーラの用意したお茶に気づく。

「ありがとう、サーラ」

ぎこちなく笑みを作り、口をつけた。ややぬるい。日記帳に集中する間に冷めたらしい。

一日の授業範囲や活動内容も記しているため、びっしりと小さな字が並んだ。几帳面な性格だったのね。過去の自分を、冷静にそう判断した。

すぐに違うと思い直す。そうじゃないわ。学院で友人とは距離を置いたようだから、書くことが他にないだけ。アルベルダ伯爵令嬢も、ブエノ子爵令嬢も、教室では他人として過ごす形だったみたい。きっと、彼女達を巻き込みたくなかったのだろう。

「これは証拠になる」

「ええ。読み進めましょう」

「具合が悪いなら、中断したほうが」

顔色が悪いと指摘する父に、首を横に振った。ここで逃げてしまったら、二度と日記帳を開けない。過去の恐怖と向き合う覚悟は、今の私にこそ必要だった。

お父様に話した前日、授業内容の表記のあと……信じられない事件が記されていた。書きながら溢した涙のシミが残る文字を手でなぞった。

王太子にお茶に呼ばれ、王族の休憩室に入った。側近達が揃う中で不安を感じながらも着席すると、お茶が用意される。そのお茶に入っていたのは、虫だ。種類など知らない。黒い虫としか判別できなかった。美しい紅茶の水色《すいしょく》に、沈む黒い影はまだ蠢いていた。

入れたばかりなのだろう。それを飲めと命じる王太子に抗議したが、押さえつけられ無理やり流し込まれた。口の中で感じた違和感と吐き気、掴まれた腕が自由になるなり、その場で吐いた。淑女教育など関係ない。人前だろうが迷わない。

その必死な姿を嘲笑う彼らを睨み、飛び出して……医務室の前で止まった。今日は誰もいない。すでに授業は終わっており、教師の姿はなかった。紅茶と吐瀉物で汚れた制服を隠すように、バッグを胸の前に抱えて逃げる。

精一杯の抵抗だった。そう締め括られた文字は荒れて、解読がぎりぎりだ。感情が揺れて、どうにも抑えきれなかったのだろう。この翌日に、もう無理だと父に訴えたなら……それは本当に限界だったのだ。

「本当、に……すまなか……った」

怒りからか悔しさか。訴えをはね除け、理解しなかった悲しみか。震える声で絞り出された謝罪に、私は無言でページを捲った。さらに前の日へと。

王太子に注意した話が載っていた。堂々と浮気をする婚約者の話が耳に入り、私は注意しに行ったのだろう。人前で話せる内容ではなく、教室を出た彼に同行してくれるよう頼んだ。

けんもほろろに断った彼に、仕方なくその場で話を始める。教室の出入り口近く、人の目は嫌でも集まった。何より、仲が悪いと有名な二人が一緒にいれば、それだけで衆目を集める。

だから別の場所に誘ったのに……そんな溜め息が聞こえそうだった。

浮気自体はどうでも良かった。政略結婚だから、好きな人がいるなら結婚後に呼べばいい。私は気にしない。ただ、エスコートなどの義務はきちんと果たしてほしいこと。それから、国王陛下や王妃殿下には自分から話してほしいこと。

日記から読み取れる要望はこの二つだった。傲慢だったり上から目線で命じたりした記述はない。この辺りは、調査をすれば目撃者も多いだろうと思われた。そもそも他人に読ませる前提ではない日記に、嘘を書く必要はないのだ。

読むのは私しかいないのだから。

「はね除けられたのね」

人前で王族に注意するなど、殺してやると脅された。怖かったが引かなかった、私は悪くないのだから。そう締め括る文字は揺れている。自分より身長が高く鍛えた男性、権力もある人に意見することは恐ろしかったはず。

場所を変えようと提案して無視され、その場で注意したら悪意のある捉え方をされた。困惑が伝わる文章の翌日が、あの暴挙だ。トラウマになって紅茶が飲めなくなるほどの……暴行。

「あの事件の前に、こんなことが」

「数十回殺しても足りぬ」

むっとした口調で父が吐き捨てた。正直、同じ気持ちだ。貴族最高位の公爵家にこの態度ならば……他の令嬢や令息に対しては、もっと高圧的な態度を取ると推測できた。

「失礼いたします」

サーラは新しいお茶を差し出した。冷めてしまったので、淹《い》れ直してくれたらしい。先ほどのレモンバウムの香りではなく、カモミールだった。他の茶葉もブレンドしたようだ。

「ありがとう」

口をつけると、頭に上った血がすっと下がる気がした。ミントのようなハーブが入っているのかしら。口の中がさっぱりしたし、鼻に抜ける香りも心地よい。知らずに強張った肩を解すために、腕を動かし首を傾けた。楽になったわ。

「サーラ、私が制服を汚して帰った日を知っている？　半年くらい前よ」

侍女なら、汚れた制服に気づいたはず。そう思い尋ねると、彼女は少し考えてから眉根を寄せた。

「濡れた制服を乾かしてほしいと、ご要望を頂いたことは覚えております。薄いシミがございました」

紅茶のシミは落ちなかった。だから制服は交換されたと聞く。吐瀉物は自分で洗ったのだろうか。言えなくて、涙を堪えながら水で濯《すす》ぐ姿が浮かんだ。

きっとそうね、言えなかったわ。今だって、言えないかもしれない。

公爵令嬢として育ち、誇り高く気品を保って過ごす。そう自らを律していたなら、誰にも相談なんてできなかった。心の内側を吐き出す場所は、青い表紙の日記帳だけ。

「……これ以上は明日にしないか？　顔色が青を通り越して白いぞ」

心配するお父様に頷いた。もう休もう。経験した記憶がなくとも、この体は恐怖で強張る。された暴挙を、体は覚えているのよ。弱い心が先に折れてしまったけれど、安心して……過去の私。あなたの無念は私が晴らすわ。

夜中に続きを読まないよう、お父様が執事に預けた。明日までお預けとなった私は、大人しくベッドに入る。疲れてしまって入浴も翌日に回したほど。

「お嬢様、何も心配なさらずお休みください」

ここでお守りします。そう告げるサーラに、明日も仕事があるんだから休んでねと微笑んだ。大丈夫よ、今の私は王太子に情がない。愛情はもちろん、憎しみや恐怖も。だから切り捨てることは簡単だし、あれほど嫌われ、危害を加えられた相手を気遣う理由もないわ。

眠るまでは見守りたいと願うサーラに、私はぽつりと呟いた。

「どうして、周囲は誰も助けてくれなかったのかしらね」

王太子のせいで友人とも距離を置いた。一人で学院生活を過ごし、王太子に苦しめられ、ぞんざいに扱われ。浮気の目撃者も多数いただろう。なのに、誰も声を上げなかった。それほど、この国の王族は偉いのかしら。

サーラはきゅっと唇を噛む。ああ、そんな顔をさせたかったわけじゃないの。首を横に振り、目を閉じた。こうなるから、言えなかったのね。それでも耐えきれず父親に相談し、傷ついて心を閉ざした。

たった数日分を読むだけでこれほど疲れるのに、明日はどの程度読み進められるか。不安が湧き起こる。それでも、目を逸らすわけにいかなかった。私の知りたかった過去に、ようやく手が届くのだもの。

幕間

あの日、俺の娘は一度殺された——その怒りと悲しみ、後悔は今も胸の奥にある。

遠い記憶の中で輝くのは、アレッシアとの出会いだった。煌めく金髪の鮮やかさ、命の色を宿す赤い宝玉《ほうぎょく》、その肌は柔らかな白で……触れてみたいと思う。その衝動を押し込める俺の横で、あのバカはやらかした。

主君となる、当時まだ王太子のオレガリオは、美しい姫に暴言を吐く。

「赤い瞳は不吉だ、人外の色だぞ。この女と結婚はできない」

そのまま足音荒く、謁見の間を出ていった。

淑女らしい微笑みを湛えていたアレッシアの目が見開かれ、ぽろりと涙を落とした。堪えようとする気丈さすら美しい。だが我慢できず、泣き崩れてしまった。嗚咽を漏らして俯く彼女の儚《はかな》さは、今にも消えてしまいそうで。

ただ……見惚《みと》れた。

恋するほど世間知らずな王女ではなく、愛するほどオレガリオを知らない。それでも女性の外見を貶した愚者の言葉は、鋭い刃なのだと想像がついた。国同士の政略結婚で、その意味でも彼女は傷ついたはず。

まともに国同士も繋げぬ女だと、烙印を押されたのも同然だった。

「婚約などさせぬ！　戦支度《いくさじたく》の準備をせよ」

叫んだロベルディ王の前に進み出て、深く頭を下げた。それから王の許可を得て、姫の前に立つ。

アレッシアの頬は濡れ、化粧は乱れていた。それでも……どこまでも美しい。外見に滲み出た内面の穏やかさと優しさが、彼女を美しく彩るのだろう。

「アレッシア第三王女殿下、どうか俺の妻になっていただけませんか？　炎と命の色を宿した赤い瞳に、生涯俺だけを映してほしい。一目で焦がれる哀れな男に、慈悲を」

乞うたのは彼女の慈悲だ。オレガリオの代わりなどと、綺麗ごとで誤魔化す気はない。主君も国もどうでも良かった。元婚約者など忘れ、その宝玉の瞳で俺を見てくれ。

出会った一瞬で心奪われ、愛してほしいと懇願したのだから。

何を言い出すかと一喝するロベルディ王の怒りはもっともだ。傷ついた娘を貴様まで愚弄するのかと、叫ぶ声にも引き下がらなかった。王の剣が喉元に赤い線を引いても、俺はアレッシアから目を逸らさない。彼女の答えが欲しかった。

眉尻を下げて考えた彼女は、ちらりと父王に視線を向けた。怒り心頭の王だが、このままではアレッシアの面目が立たないと考えたようだ。冷静に判断して、舌打ちしながら頷いた。父王の許可を得て、俺が差し出した手を取る。

「私のような者でも……」

「いや、あなただからだ。たとえ王女殿下でなくとも、俺はアレッシア様を求めた。あなたの傷は俺が生涯をかけて癒す。どうか俺を選んでほしい」

普段なら、公式の場で「私」と表現する。その余裕すらかなぐり捨て、必死で願った。

卑下《ひげ》する言葉など聞きたくない。彼女はどこまでも素晴らしい。必死で説明した。あの男の身代わりはご免だ。ただアレッシアを愛している。熱意が通じて彼女が俺を受け入れてくれるまで、数ヶ月かかった。

長いと思うか、短いと感じるか。受け入れられたことに浮かれた俺は、すぐに手を打った。妻となるアレッシアがつらい思いをしないよう、各貴族家へ内密にオレガリオの失態をリークする。どちらに非があったのか、噂の中で彼らが察してくれるように。

手を回した甲斐があり、嫁いだアレッシアは幸せよと笑ってくれた。可愛い娘が産まれ、最愛の妻が喪われるまで。揺るぎない形で、幸せは俺の手にあったのだ。


絶対に幸せにしてほしいと頼まれ、安心させようと微笑んで約束した。己の命を犠牲にしても守ろうと心に決めた約束だが、娘にどう接していいか。成長するにつれて美しくなるアリーチェは、アレッシアに似てくる。

年頃の娘との接し方がわからず、ぎこちなく距離を置いた。正直、後ろめたさもある。妻と約束したのに、王太子と婚約させたことだ。

王家との結婚は、二つの国を結びつける政略結婚の一面もあった。アレッシアの代で混じるはずだった両王家の血が、アリーチェと王太子の子で実現する。一代遅れになるが、両国は強固な絆で結ばれるだろう。

王太子の妻となれば、未来の王妃だ。貴族女性の頂点に立つことは、アリーチェの幸せに繋がるはず。自分を騙すようにそう言い聞かせた。

だから、俺は目を逸らした。

アレッシアを泣かせたオレガリオの息子が……彼そっくりに育っている事実。愚かにもあの王太子は、浮気をしてアリーチェを傷つけた。大勢がいる場で婚約の破棄を宣言し、見世物のように扱った。

懐かしい出会いの日、アレッシアを傷つけたオレガリオと同じだ。俺の最愛の者を泣かせる王族と血が繋がる事実さえ呪った。

アリーチェに駆け寄った行動は、今にして思えば愚かだったか。もっと確実に手を打つ方法はある。公爵家の権威と立場を利用すれば、賢く立ち回れただろう。だが……俺は親として間違わなかった。

あとで怒りを表明するのでは遅い。その場で露わにした激情は本物だ。この怒りと悔しさ、娘への心配と愛情はすべてに勝る。アリーチェが殺されかけた事件で、完全に吹っ切れた。

この国に俺が尽くす価値はない。

妻を泣かせた主君に一度は目を瞑った甘さが、娘まで巻き込んだ。

俺は二度と手加減などしない。

フェリノス王国が亡びるとしても、王家に助けの手を差し伸べる気はなかった。派手に自滅すればいい。軍事大国ロベルディを愚弄した罰が、世代を超えて降りかかろうと。

目覚めて最初に謝罪し、困惑した娘の表情に固まる。後手に回った。その事実と、妻の最期の言葉が俺を責める。

遅かったとしても、誠心誠意詫びよう。彼女が望むまま生きられるよう、今度こそ俺のすべてをかけて守る。その決意が胸に満ちた。

妻が願ったのは、そういうことだろう？　やっと俺はアリーチェの父親を名乗れる。愚かな父が償いを終えて息を引き取る瞬間まで――俺は娘の味方になろう。

第三章　正直なら許されるわけじゃない

眠った実感がないほど、短い時間で目が覚めた。窓の外は、とっくに朝日が昇ったらしい。カーテンの隙間から、細く光が入った。泥のように眠って、こういう場面で使うのね。目を閉じて開いただけ、そう錯覚するほど夢の記憶一つない。

「お嬢様、おはようございます」

「おはよう、サーラ」

何もなかったように振る舞うサーラがカーテンを開け、薄い水色のワンピースを選んだ。

「こちらでいかがでしょうか」

「お願いするわ」

化粧も髪型もすべて任せる。ハーフアップにした銀髪に、珊瑚の髪飾りが留められた。オレンジとピンクの混じった柔らかな色だった。ほんのり化粧を施し、食堂へ向かう。すでにお父様は着席していた。

「おはようございます」

「ああ、おはよう。アリーチェ、眠れたようだな」

ほっとした顔の父が合図すると、料理が運ばれる。執事のカミロが、日記帳の入った袋をテーブルに置いた。自然と目が日記を追ってしまう。

「今日の予定はないから、同席させてくれ」

「はい、お願いします」

一人で読む勇気はなかった。恐怖で指先が震える。どんな目に遭わされたのか、想像だけでぞっとした。それでも読まずに後悔するなら、知って泣くほうがいい。

お父様やサーラ、今は味方がいるんだもの。

「旦那様」

侍従が運んできたメモを、カミロがお父様に差し出す。書かれた文字に眉根を寄せ、デザートの果物に手をつけた私に回ってきた。

「アルベルダ伯爵令嬢が、アリーチェと話したいそうだ」

「……お父様とサーラの同席が最低条件ですわ」

それならば構わない。返事を伝えに侍従が二階へ向かった。そういえば、日記帳が見つかって後回しにしたけれど、彼女は昨日目が覚めていたのよね。

話したい、曖昧な表現は何を意味するのか。伯爵令嬢の話に、日記を読む時間以上の価値があるか。冷めた私と期待する私が、同時に存在する。期待を裏切られる可能性を考慮しながら、赤い苺を口に入れた。

日記帳が手元にある以上、大きな期待はない。彼女が嘘をついて、これ以上罪を深めないといい……と思う程度だった。お父様は敵に容赦しない。だから敵だと認定されないため、真実だけを話せばいい。

簡単だけど、その真実を口にすることがつらいでしょうね。他人事としてそう感じる。どうせ手を貸したのだろうから。

日記を遡って読めば載っているはずの過去を、伯爵令嬢の口から聞く。なんだか変な感じだった。お父様の忠告は二つ。記憶がない事実を教えないこと。相手が話し終わるまで口を挟まないこと。承諾して頷いた。

話を遮れば、記憶がないことがバレてしまうわ。彼女には洗いざらい話してもらおう。お父様とサーラを連れた私は、アルベルダ伯爵令嬢のいる部屋に入った。

「匿《かくま》っていただき……ありがとうございます」

匿われていると切り出したのは、ブエノ子爵令嬢の死があったから。一歩間違えば、襲撃対象は自分だったと理解したはず。侍女が伯爵家から運んだワンピースに袖を通し、彼女は最敬礼を行った。

「お話があると聞いたわ」

突き放した態度で応じる。窓際にあるソファに腰掛けたお父様は、無言で腕を組んだ。あくまでも娘が主役、というスタンスをとる。サーラは入り口の壁際に控えた。

昼間なのに、部屋は薄暗い。レースカーテンを完全に閉ざしたうえで、分厚いカーテンも半分ほど引かれていた。外から狙われると思っているのかしら。接客用のソファに腰掛けた私は、青ざめた彼女を見つめた。

私からこれ以上促す気はない。話さないなら、部屋を辞して日記の続きを読めばいい。何も期待しないから、失望も怒りも感じなかった。身を起こした伯爵令嬢イネスは、おずおずと向かいに腰を下ろす。

本来は着座に上位者の許可が必要だけれど、現在、この客間の主はアルベルダ伯爵令嬢だ。公爵家の客人となっている以上、咎める無礼に当たらない。

一つ大きく息を吸い、彼女は顔を上げた。きゅっと唇を引き締める。顔色は全体に悪く、やや窶《やつ》れた印象を受けた。

「一年前、距離を置くように忠告してくださいました。王太子殿下に睨まれたら、我がアルベルダ家が危ないと。学院でも話をしないよう気遣っていただいたのに……私は恩を仇で返したのです」

無言で先を促した。そう、一年も前に私が注意したのね。ならば、その頃から危険を察知していたことになる。日付を遡る目安になるわ。

「夜会の一ヶ月ほど前でしょうか。ドゥラン侯爵家の兄妹、お二人に呼ばれました。部屋には、王太子殿下と……その……不必要に親しくされる令嬢もご一緒で」

浮気相手のことね。頷くだけで声に出さず、次の言葉を待つ。

「こう言われたのです。フロレンティーノ公爵令嬢と婚約破棄する。夜会で証言しろ、と。その証言の内容は細かく決められていました。ご存知の通り、あなた様を貶める内容です」

あとで日記帳を読んだら書いてあるかしら。それともお父様に証言者を探してもらうほうが早い？　どちらにしろ、この場で問い返す愚は冒せない。

「断れば、国費横領の罪でアルベルダ伯爵家を滅ぼすと脅されました。公共工事のお金が、一部消えて騒ぎになった噂は知っておりましたので、焦ってしまって。もし本当に父が関わっていたらと思うと、両親に相談もできず……本当に申し訳ございません」

今になれば、嘘だったとわかる。はね除けようと思えば可能だった。けれど、彼女は公爵家と王家を天秤にかけたのね。わかりやすい構図に、ちらちらと不穏な気配を見つけて、私は額を押さえた。

得られた情報は少ない。彼女は使い捨てだった。雑談を振れば、過去の学院生活を聞けたかもしれない。でも、正直なところ興味はなかった。

平和な状況の話を聞いても、記憶のない私は実感できない。他人事だから、同情も感動もないだろう。ならば、近づかないほうがいいと思った。

「ありがとう、ゆっくりなさって」

立ち上がろうと挨拶した私に、さっと父が手を貸す。素直に受けて、伯爵令嬢に背を向けた。サーラが扉を開く。何も言わない元友人に、私はもう何も求めていなかった。

証人としての価値は低いが、いないよりマシだ。王太子に直接届かなくても、ドゥラン侯爵令息を叩くのに、多少役立つ程度。王太子の手足を奪う道具を、振り返って気遣うことはない。

扉の外へ足を踏み出す直前、お父様が私を抱き込んだ。びっくりして顔を見上げる。どんと衝撃があり、父の前に立ったサーラが「無礼ですよ」と叱責する。ここでようやく、伯爵令嬢が走ってきたと知った。

武器を持ち込んだ可能性は低い。この屋敷の警備や侍女がそんなに無能だと思わない。でも、髪飾りやペンでも人を傷つけることは可能だった。身を挺して守った父が、厳しい目を向ける。

「アルベルダ伯爵令嬢、我が娘に無礼を働くなら……考えねばならん」

ここで匿うことなく、放り出すぞ。遠回しな脅しに、彼女はそれでも怯まなかった。

「大切なお話が残っています！　王太子殿下には、あの女性の他にもう一人……距離の近い女性がいました。離れた位置にいた、私やリディアは知っています」

一気に捲し立てたあと、大きく息を吐き出した。

「リベジェス公爵令嬢です」

覚悟を決めたのか、声の震えを抑えて言い切った。父の視線から逃れるように、私に視線を合わせる。

「王太子殿下はリベジェス公爵令嬢を正妃とし、あの女性を側妃にする。そう側近達が話していました」

お父様は知らなかったみたいね。怒りに震える吐息が漏れ、私の旋毛《つむじ》にかかった。もしかしたら、貴族派にしれっと所属していたりするのかしら。この辺の事情は、伯爵令嬢がいない場所でするべきね。

「ありがとう、誠意は受け取ったわ」

にっこりと笑って、お父様の腕をぽんぽんと叩く。緩められた束縛から、するりと抜け出た。父と腕を組んで一礼する。そのまま退室した。咄嗟の対応が遅れた騎士の、詫びる声が廊下に響いた。

「部屋から出すな」

「承知いたしました」

黒髪と茶髪の騎士が命令に頷く。いつもの彼は私の部屋を守っているから違うのに、金茶の髪の騎士の失態でない事実に安堵した。なんとなく、彼だったら落ち込むような気がしたの。

お父様の命令は彼女の安全のためではなく、私のためだった。あの勢いでは、ガラスペンを構えて体当たりされても大ケガするわ。事実上の危険人物認定と、軟禁だった。それを気の毒と思うほど、私は彼女を知らない。命を保証するだけ、感謝してほしいと感じた。

「お父様、リベジェス公爵家は……」

「執務室に入ってからだ」

「はい」

腕を組んだまま、並んで廊下を歩いた。ふと気になり、後ろのサーラに声をかける。

「サーラ、あなたにケガはなかった？」

「はい、ありがとうございます。お嬢様」

良かったわ。もしサーラにケガをさせていたら、私は伯爵令嬢を公爵家の敷地から外へ捨てたでしょう。命拾いしたわね。

記憶をなくした私は、新しく貴族名鑑を覚え直した。私が王太子の婚約者に選ばれたのは、年齢が釣り合う「唯一」の公爵令嬢だからよ。他には、五歳になる令嬢が一人いるだけ。

執務室の扉が閉まり、部屋の中を歩くお父様の背中に話しかけた。無作法なのは承知で、座る前に言葉がまろびでる。

「お父様、リベジェス公爵家に適齢のご令嬢はおられませんわ」

「座りなさい。記憶のないアリーチェは知らないだろうが、リベジェス家にも令嬢はいたのだ」

過去形……？　首を傾げながら、お父様がぽんと叩いた隣に座った。指示を受けたカミロが貴族名鑑を二冊差し出す。三年に一度更新される名鑑の、三年前の最新版と六年前の二冊だった。年号を確認して、首を傾げる。

「アリーチェが読んだのは、最新のこちらだろう？」

お父様の指が開いたページは、リベジェス公爵家の家族構成が記されている。公爵と公爵夫人、跡取りの長男、当時はまだ二歳の令嬢。私の記憶した通りだわ。頷いたのを確認し、カミロの開いた六年前が上に置かれた。

「リベジェス家の長女？」

五歳の令嬢の欄が次女と記され、その上に長女の表記がある。当時十三歳の嫡男より二歳上だった。十五歳で名鑑から名前が消えたのに、二十一歳で実家にいるのはなぜ？

「彼女は砂漠の国アルバーニの王に見初《みそ》められ、側妃として嫁いだ。その時の花婿は五十歳近く。己の父親より歳上の男だ」

言外に「俺なら断る」と匂わせたお父様は、公爵令嬢の名を指で示した。

「カサンドラ、彼女は野心家だった。年老いた国王を傀儡《かいらい》に、砂漠の国を支配しようと目論《もくろ》んだ。察した王太子殿が王位譲渡を急がせ、危険を回避した」

かいつまんだ話を聞きながら、用意された珈琲に口をつける。お母様の実家である隣国ロベルディより、さらに遠い砂漠の国アルバーニ。想像もできないわ。

単身で乗り込み、国を傾けようとした毒婦《どくふ》に新王は優しくなかった。

当然の結果だわ。老いた父王の嘆願を振り切り、新しい王は灼熱の砂漠へ彼女を捨てる。砂漠で育っていないカサンドラが死ぬことを願って。お父様の話では、それは砂漠の民の裁き方なのだという。

罪人をそれぞれの罪と能力に応じた仕置きをしたあとで、砂漠に捨てる。生き残ったなら、それは砂漠の神に許された証として無罪放免。死ねば、神が裁いたとして受け入れる。生存しやすい砂漠の民なら水なしで、足首を切り落として捨てるらしい。

カサンドラは別の国から来たばかり、また王への関与も未遂と軽かったため、水の袋を一つ与えて放逐された。気の毒に思った元国王が密かに手を回し、砂漠から救い出して我が国まで送り届けたらしい。

「余計なことをしてくれたものだ」

父の深い怒りが滲んだ声に、王太子の言動はカサンドラが絡んでいる可能性が高いと気づいた。唆《そそのか》された……要はそういうことよね。王太子なのだから、大人しくしていたら何もしなくても王位が転がり込んだのに。

体で落とされたのか、それとも他の餌をぶら下げられたか。戻ってきたカサンドラは、もう未婚ではない。令嬢として名を載せるわけにいかず、また他国へ嫁いだ際に籍も抜けていた。

「砂漠の国に到着してすぐ婚礼をあげ、初夜を済ませた彼女はもはや公爵令嬢ではない。この国では未亡人も同然だ。そのため名鑑に名が載らない」

すとんと腑《ふ》に落ちた。

他国の王族の未亡人は、我が国の貴族として認められないのね。名鑑に載らない貴族が、何かを仕出かしても実家は影響を受けにくいのだ。知らなかったの言い訳が通用する。だから彼女を利用した？　いいえ、逆に彼女が実家を利用したのかも。

所属する家がないなら、彼女は自由だわ。

「厄介《やっかい》なことになった」

唸った父から、しばらくは自室で過ごすよう提案された。ここ数日は貴族派の大物が出入りする。顔を合わせると面倒だからな。そう苦笑いする父の気遣いに頷き、私は執務室から図書室へ向かった。閉じこもる間に読む本を物色するために。

毎日、様々な客が訪れる。誰が来るのか、そのくらいは執事カミロを通して知ることができた。けれど、私が顔を出すわけにいかない。すべての鍵を握る人物と思われているせいだ。

貴族派は王族と戦うため、我がフロレンティーノ公爵家の力を利用したい。できるなら次の王にお父様を担ぎたいと考えていた。

この辺は説明されなくても理解できるわ。筆頭公爵家であり、圧倒的な権力を持つお父様の手腕にも期待しているのね。

以前、「女王になりたいか？」とお父様は尋ねた。あの真意はとても深い。私には兄カリストがいる。普通に考えたら、フロレンティーノ王家が誕生すれば嫡男が王太子になるはず。それを飛び越して女王と口にした。

お父様はもしかしたら、お兄様に爵位を譲る気がないのかしら。

「放っておいてくれ」の真意も気になる。考えごとをしていたら、読書の手が止まった。毎日入れ替えているけれど、今日の経済書は面白くない。失敗したわ。これならいっそ、恋愛小説でも読めば良かった。

飽きていたのもあり、本を横に片付けた。積み上げた本の隣を抜けて、本棚の端に置かれた日記帳を手に取る。ほぼ装飾のない青い表紙を撫でて、栞《しおり》を挟んだ場所から遡って読み始めた。

紅茶が飲めなくなった原因の騒動から、一ヶ月ほど前まで目を通している。この間は大きな問題は見当たらなかった。遡るのをやめ、夜会へ向けて先を読むか迷う。指先で日記の縁を撫で、栞を残して閉じた。

「サーラ、一緒にいてくれる？」

「はい、お嬢様」

微笑むサーラを手招きし、隣に座るよう頼んだ。すると一度首を横に振り、お茶の支度を始める。不思議な香りのするお茶は、やや赤い色をしていた。

「酸味の強いお茶ですので、蜂蜜もどうぞ」

普段はお茶に砂糖を入れないが、一口飲んで眉根を寄せた。顔がきゅっと中央に寄るような、強烈な酸っぱさに口が戻らない。蜂蜜をひと匙、迷ってもう少し足した。

「お肌にいいそうですよ」

くすくす笑うサーラは、私の悩みを吹き飛ばしてくれた。深刻な顔をしていたから、心配したみたい。並んで座り、一緒にカップを傾けた。

日記帳を開いて、今から半年前の父に相談した日の先を読み始める。翌日は落ち込んだ様子が感じられたものの、特筆する事件はなかった。そこから数日の平和、さらりと読み進めていた手が止まる。

二週間ほどしたところで、浮気相手の記述が出てきた。いとけなく感じられる外見と、演じたような幼さ。不思議な表記だった。同じような年代の子に、そこまで幼さを感じ取るなんて。首を傾げてしまう。

貴族令嬢は、平民に比べれば大人びている。十五、六歳になれば結婚することもあるため、自然と教育もその年齢に合わせて行われた。礼儀作法や慣習、他国の知識など。家を切り盛りする女主人には、経理などの知識も欠かせない。それらをすべてマスターすれば、自然と性格は落ち着くものだ。

幼く見える振る舞いなど、侮《あなど》られるだけなのに？　王太子はそれを好んだのかしら。先を読み進める私の指は、ある記述に引っかかった。

「人前で、口付け……？」

婚約している男性が、婚約者ではない女性と口付けを交わした。その衝撃を記す文字は、大きく揺れて動揺を示している。ショックだったでしょうね。私は過去の自分を慰めるように、滲んだ字を何度も撫でた。

王太子という立場の人が婚約者でもない女性と口付けを交わした。今の私なら、さらりと受け止めて事務的に流せる。けれど、当時の私は婚約者だった。王太子と繋がりがあり、将来の夫となる男性が浮気する場面を目撃する。

この涙の跡から想像しても、悲しく悔しかったでしょう。この日記の文面は感情的で、状況は掴めない。見せつけるためにわざと行ったのか、偶然覗いたのか。判断に迷って保留した。決めつければ、あとで修正が利かなくなる。自分の思考を狭めてしまうわ。

一つ深呼吸して翌日へページを捲った。授業の内容を飛ばそうとして、不自然な記述に気づく。この小さな印は何かしら。このページに新しい栞を挟み、前後の記載を確認した。いくつか散らばっている。

「サーラ、紙とペンをお願い」

「かしこまりました」

用意されたガラスペンにインクを吸わせ、日付と授業を記していく。すぐに規則性が見つかった。地理、歴史、他国の文化を学ぶ授業だ。しかし、同じ授業でも印のない日もあった。他にも法則がありそう。

推理を必要とする謎に、私は夢中になった。時間潰しというより、こういった謎解きが好きみたい。あちこちのページから拾い出した印に潜む法則……なんてことはない授業のはず。平凡な日の日記も読み、どんどんとハマっていく。

「あっ！　解けたわ」

「お嬢様？　何か解いていらしたのですか」

サーラは新しいお茶を注ぎながら首を傾げた。いつの間にかカップも変更され、温かな緑のお茶が注がれている。いい香りがするわ。

「このお茶は？」

「以前、奥様のお好きだったお茶です。隣国ロベルディでは日常的に飲んでおられました」

ここで、思わぬ暴露があった。不思議な言い回しは、まるで隣国出身のよう。そう尋ねると、サーラはあっさり肯定した。

「隠したわけではございません。以前のお嬢様はご存知でしたので、伝え忘れておりました。アレッシア王女殿下が嫁がれる際、私も同行しました。奥様のお若い頃から存じ上げております」

お母様の侍女……まだ若く見えるけれど、実際はひとまわりくらい上？　失礼だけれど、最初に浮かんだのは年齢差だった。お母様よりひとまわりは若く見える。王族の専属侍女なら、幼馴染《おさななじみ》や乳姉妹《ちきょうだい》が多い。一般的には年上か同年代なのに。

「私は姉と共にお仕えしておりました」

「ごめんなさい」

そんなにジロジロ見たつもりはないけれど、気づかれてしまったのね。付け加えられた情報に納得した。姉妹で仕えていて、何らかの事情で妹のサーラだけ同行したんだわ。サーラのお姉様は結婚なさったのかもしれない。

「私は亡き奥様とお約束しました。ですから今度こそ、この身に代えてもお嬢様をお守りします。どこへでもお連れください」

「……っ、ありがとう」

絶対的な味方である。そう示されて、疑わなくて済む。それだけで安堵が広がった。母の侍女、ただただ心強かった。頬が緩む。

「あ、続きを……その。この印に心当たりあるかしら？」

星とも違う、不思議な形だった。悩んでいた印を示せば、サーラはぱちくりと瞬いたあと、あっさり答えを口にする。

「これは、どなたかの不在を示していますね。授業でしたら教師でしょうか……でも、ほとんど授業をしていないことになりますけれど」

さすがに考えにくいです。言われて頻度の高さと時間帯を確認した。不在を示しているなら、誰がいなかったの？　過去の私が気にして記すとしたら……。

「婚約者の、不在」

「こんなにたくさん、ですか？」

呟いた私の言葉に、サーラは驚く。そう、歴史と地理、他国の歴史は王族ならすでに履修済みよ。だからサボっても影響が出にくい。試験で成績が下がる可能性も低かった。

この時間、彼はいつも何をしていたのか……印がつき始めたのは、浮気が発覚する少し前から。つまり、浮気にこの時間を当てていた！

「なんて、穢《けが》らわしいの！」

ばさりと日記帳を閉じた。汚い、最低だわ。貴族女性は口付けどころか、未婚の男性と二人で部屋にいるだけで罵られるのに。口付けを済ませた浮気相手と、どこで何をしていたのよ！

吐き捨てた言葉以上に、ぞっとした。

次のページには、愛用のペンが消えたと書かれていた。他にも、予備のインクや教科書が数冊……家から持ち込んだ本が消えたらしい。くすくす笑う王太子の側近が隠したのだろう。

決めつけるように書かれた一文に、この頃の精神状態を察した。最悪だったんじゃないかしら。周囲の誰も信じられず、友人を遠ざけたため一人で。それでも義務で通う。父は当てにならず、兄は……そういえば記載されていない。

父に相談した日の話はあるが、日記の中に兄が出てこなかった。そんなに距離があったの？

少し迷って、隣で焼き菓子を摘まんだサーラに尋ねる。

「記憶を失う前の私は、お兄様と仲が良かった？」

学院はここから通える距離にある。実際、私は馬車で通っていたと記載があった。でもお兄様はこのところ、屋敷に帰ってこない。寮があるとしても、屋敷から通わない理由が引っかかった。

「仲が良いかと問われると、お答えしにくい状況でした」

言葉を選ぶサーラは、ほぼ話をしなかった兄と妹の関係を語る。屋敷内ですれ違っても、ほぼ会話はなかった。兄は最初から寮生活を選び、私は通う選択をした。令嬢が寮に入ることは珍しいと聞いた。

「醜聞を避けるためね」

「はい」

理解できるわ。寮が厳格に管理されていても、親元にいない一点が過失になり得る。領地が離れており、通える距離に屋敷がない。また身を預ける親戚がいない。そんな事情が重なった子でなければ、保護者がいる屋敷から通うものね。

私とカリストが仲睦まじい兄妹でないなら、なぜ王太子の側近を辞してまで怒ったのか。私の毒殺未遂がなければ、王太子の地位は安定していた。きっと婚約破棄も内々に処理されて、私の過失で解消になったのでしょう。

怒って騒ぎを大きくし、そのあと、夜会で私を気遣う様子を見せた。その理由が知りたい。だって、裏のない好意は存在しないわ。サーラは、姉のように慕うお母様の頼みだから。お父様は、お母様に似た娘を殺されかけたことで改心した。

ならば、お兄様は？　突然手のひらを返して、私の味方についた。それでいて記憶を取り戻そうとすると、嫌がって止める。私が傷つくからと大義名分を口にして、何を守ろうとしているの？

「私は疑り深い性格だった？　今とかなり違うのかしら」

「どちらかといえば、お嬢様は明るくなられた気がします。はきはきと物を仰いますし、以前より堂々としていらして。私は今のほうが好きです」

「ありがとう」

真っすぐに評価の言葉を向けられ、照れて日記帳に目を落とした。視線が文字の上を滑ってしまう。あとで読み直ししなくちゃね。

ノックの音にサーラが扉に向かい、私は焼き菓子を摘まんだ。ナッツの香りが口の中に広がる。二枚目に手を伸ばしたところで、お父様の声が聞こえた。

「アリーチェ、少しいいか？」

「はい。お父様」

部屋に招いた父を、書斎側のテーブルに案内した。向かい合って座るとすぐ、お父様は名前の書かれたリストを差し出す。頷くのを確かめ、手に取った。

上から公爵家、下は男爵家……いえ、騎士爵も名を連ねている。文字が違うから、一人で書いた書類ではなさそう。

「貴族派のリストだ。目を通しておきなさい。何かあれば、この家は味方をしてくれる」

「……何か、あるのですか？」

私はこの屋敷から出ず、学院にも通っていない。買い物に出ることもなければ、お茶会などもお断りしていた。なのに、味方のリストを差し出したのは……大きな動きがあるのね。

「察しが良すぎて、お前が可哀想になるよ。アリーチェ、貴族派が仕掛ける。お前を屋敷に置いていくのは心配だから、一緒に王宮へ……来てくれないか」

一緒に来てくれ。そう言いかけた言葉を、尋ねる響きに変えた。お父様の気遣いが嬉しかった。そうね……ここに残るのは危険だわ。

「同行します。いつですか？」

覚悟を決めてそう尋ねた。

仕掛けるのは、三日後の朝らしい。実際は戦いをするわけでなく、話し合いの場を設けるだけ。王家と貴族派が対立するので、国王派の動きが気になる。

どのくらいの貴族が国王派に残っているのかしら。リストは目を通して返したけれど、リベジェス公爵家当主の名前はなかった。リベジェス元公爵令嬢としか表現しようがないけれど、彼女は国王派の可能性が高い。美しい女性だと聞いたけれど、近づかないようにしなければ。

覚悟を決めてドレスを選ぶ。一応王宮へあがるのだから、それに合わせた装いが必要だろう。宝飾品は控えめに、最低限で構わない。指示を出したところへ、アルベルダ伯爵令嬢から預かった手紙が届けられた。カミロにより、毒のチェックも終わっている。

手紙を運んだのは執事なのに、不安そうなお父様が駆けつけた。同じ屋敷内にいるのだし、構わないけれど。部屋に招いて向かい合わせに座る。手紙は安全のために、目の前でカミロが開封した。銀のトレイの上で逆さにして、確認を行う。

入っていたのは便箋が二枚だった。外の一枚は白紙……なぜか黄ばんでいる。内側は真っ白な便箋だ。さらりと目を通した。

「見せてもらっても？」

「あ、ええ。どうぞ」

お父様の手に便箋を渡した。気になって、外側の一枚を手元に残す。我が家の便箋を使ったのだから、紙は上質だ。にもかかわらず、色が違っていた。

違和感は大切よ。両側をじっくり眺め、匂いを確かめようとした。しかし止められ、父の手で回収される。カミロの確認が終わるまで、触れないことになった。でも、ほんのりと柑橘の香りがしたような。なぜかお兄様の顔が浮かんだ。

「アリーチェ、この手紙は証拠として預かりたい」

「お任せいたします」

王宮へ行く話が出たタイミングで、アルベルダ伯爵令嬢が書いたのなら……そのつもりだったはずよ。頷いてお父様とカミロを見送った。

手紙には、浮気相手の振る舞いが記されていた。私のカバンを勝手に開けていたこと、中の本を取り出して捨てたこと。王太子が一緒だったせいか、誰も止めなかったこと。この時にアルベルダ伯爵令嬢が「いくらなんでも失礼なのでは？」と声を上げたため、目をつけられた状況に至るまで。

私が日記で読んだ部分の裏側が並んでいた。周囲が止めなかった部分は想像できたけれど、人前で堂々と私の荷物を漁《あさ》ったとまでは思わなかった。普通はこっそりするものでしょうに。見られて困る本が入っているわけもなく、上質なペンやノートは持ち去られた。私なら捨てるけれど、浮気相手の女性が使うのかしら？　そのくらい、王太子が買って差し上げればいいのにね。

嫌味が溢れるけれど、口はきゅっと噤んでいた。これが公爵令嬢である私の矜持よ。どんなに納得できない状況でも、淑女教育を受けた令嬢として、平民以下のレベルに落ちるわけにいかないわ。

「気分が悪いわ」

「薬草茶をご用意します。もう休まれてはいかがでしょう」

「そうね、夕食はいらないと伝えてちょうだい」

こんな時は眠ってしまいましょう。気分をリセットして、明日は日記を読む。そう決めて、結った髪を解いた。不思議な香りのする不透明のお茶を飲む。緑色でどろりとしていた。味はさっぱりして、見た目と一致しない。

「おやすみなさいませ、お嬢様」

ベッドに横たわった途端、すっと瞼が落ちる。もしかして、あのお茶は眠りを誘う薬草が入っているのかも。緑のどろりとしたお茶に沈むように、夢も見ずぐっすりと眠った。

目が覚めた翌朝、私は昨日の違和感の正体に思い至る。やっぱり睡眠は大事ね。大急ぎで支度をして、お父様の待つ食堂へ向かった。

黄ばんだ便箋をカミロに持ってきてもらい、改めて香りを確認する。お父様立ち会いで匂いを嗅いだ。ほんのりと香るのは、柑橘系の果物だ。おそらく昨日の食事で、アルベルダ伯爵令嬢に出されたはず。

「彼女に会いたいわ」

「いいだろう、一緒に行く」

柑橘系の香りは、お兄様が好んで使っていたらしい。この香りを嗅いだ時、お兄様の顔が浮かんだ。サーラに尋ねたところ、あっさり答えてくれる。

すっきりとした香りは、男女問わず人気があった。記憶は香りと結びつき、不思議な違和感を残す。目覚めた私を抱きしめるお兄様は、白檀《びゃくだん》の香りがしたの。柑橘ではなかった。

纏う香りを変えただけ、そう言われれば納得するけれど。一般的には珍しいと思う。服や身の回りのものに、香水の匂いは移る。でもお兄様から柑橘の香りを嗅いだ覚えはない。ならば、身の回りのものを入れ替えた？

さすがに思考が飛びすぎだわ。自分でも苦笑した。ただ、なぜアルベルダ伯爵令嬢が、柑橘の香りをつけて送ったのか。真意が気になった。

他国では炙り出しという手法がある。お父様に言われて、カミロが確認した。特に文字ではなく、上で果実を絞っただけのようだ。話したいことがあるけれど、私以外に聞かれたくないのでは？　そう感じた。

「お父様は部屋の外でお待ちになって。私だけで会います」

「だが」

「お願い、お父様」

部屋にある彼女の私物は、運び込む際に調べている。武器はないし、部屋のすぐ外に護衛とお父様が待つ。この状況なら安全でしょう？　説得して、私は一人で扉をくぐった。

最後まで粘ったサーラは、部屋の入り口でそっと壁際に佇む。まるで装飾品のように。

「アルベルダ伯爵令嬢、ご機嫌よう」

「アリ……失礼いたしました。フロレンティーノ公爵令嬢。意味に気づいていただけて良かったです」

扉の近くに立ったままの私、迎えたまま部屋の中央で待つ彼女。どちらも距離を縮めようとはしなかった。

「私だけに話があるようですが」

「公爵令嬢の兄君、小公爵様にお気をつけください。あの方は以前と違います。きっと何か隠しておられるわ」

曖昧な直感かしら。根拠のない妄想で話しているように聞こえ、私は眉を寄せた。その仕草に、彼女は深呼吸して言葉を改める。

「小公爵様が香水を変えられたのは、あの夜会の一ヶ月前です。それまで王太子殿下の浮気を咎めなかったのに、突然態度が変わりました。明らかにおかしいです」

外から見ていたから、伯爵令嬢は気づいたのだろう。私の日記だけを辿っても、こんな情報は書かれていないと思う。そっくり信じることはないが、情報の一つとして活用すればいいわ。

「忠告ありがとう。他にまだあるかしら？」

「公爵令嬢の日記帳は青い表紙ではありませんか？　でしたら、王太子殿下が一冊お持ちです。取り返したほうがよろしいかと思います」

「日記帳を？」

王太子が？　一般的に家に置いてあり、外へ持ち出さないのが日記帳だ。私的な記録であり、誰かに見せることはない。それが王太子の手元にあるなんて、異常事態だった。

お父様と相談しなくては。最悪、なんらかの情報を握られている可能性がある。お礼を言って踵《きびす》を返し、扉を出る直前に足を止めた。

「アルベルダ伯爵令嬢、イネスと呼んでいいかしら」

「はい、はい……ぜひに」

はらはらと涙を流すイネスに、私は笑みを向けた。おそらく友人へ向ける微笑みではなく、冷たい淑女の……利用できる駒へ向ける感情だけれど。この子は二度と裏切れないでしょうね。打算を含んだ私の笑みは、彼女の涙に滲んで消えた。

部屋を出た私は、すぐにお父様と情報を共有する。聞いた話、感じたこと……。

「そうか、お前は青い表紙の本が気になるんだな？」

「はい。伯爵令嬢は、私の日記なのでは？　と尋ねました。でも私が日記帳に青い表紙を使っているなんて、誰かに話すはずがありません。記憶がなくても……いえ、ないからこそ言い切れます」

　一年前に遠ざけた友人、彼女の身を案じていた過去の私が、私的な情報を漏らすかしら。それが常態化しているとバレたら、友人を危険に晒すのに？　実際、ブエノ子爵令嬢は何も知らないのに殺されたわ。

「青い表紙が日記だなんて、家族以外、知らないでしょうね」

　サーラでさえ、私が話すまで青い表紙だと知らなかったのよ？　赤い表紙の日記帳を用意したのは、サーラだった。私が赤い小物を好んだから、それを参考にしたという。ならば、青い表紙なんて、一般的に思いつくはずがなかった。

　伯爵令嬢の言い方では、確信がある口振り……やはり、情報源はお兄様なのかしら。

「明日は王宮へ向かう。準備をしなさい。それから、眠る前に日記を読まないこと。持っていくのはいいが、鍵のかかるトランクに入れること。守れるか？」

「はい、お父様」

　寝ていなくて、うっかり失態を演じないように。心を引き締めて向かわなくてはならない。なんらかのトラウマで、具合が悪くなる可能性も考慮しなくては。ドレスはコルセットなしのエンパイア風を選んだ。締め付けないドレスやワンピースだけを持っていく。

　社交でお茶会や夜会に参加するのではない。あくまで話し合いに同行するのだ。着飾る必要はなかった。真珠の宝飾品を一式用意させ、それ以外はすべて置いていく。

「伯爵令嬢は残るのよね」

私ほど優先順位が高くないうえ、連れていくほうが危険と判断された。念のために、屋敷の警備は倍に増やす。カリストお兄様も、王宮へ呼ばれるから大丈夫なはず……。

「お嬢様、この屋敷は王宮並みの警備体制を敷きます。心配には及びません」

「ええ、そうね。そうであってほしいわ」

証人を保護するのは、我がフロレンティーノだけではない。武勇で名高い辺境伯家は重要な証人の保護を引き受け、王都では侯爵家が他家から預かった証人や証拠品を管理していた。そちらも通常より警備を固めている。

全員同じ場所に証人を集めないのは、敵を分散するため。わかっていても、不安が募った。着替えて休む前、私は日記帳をすべてトランクに詰め込んだ。鍵のかかるトランクは、サーラの管理下とする。王宮へ入れれば、彼女は常に私と行動することになっていた。化粧室だろうが、お風呂だろうが。場所は一切問わず、寝室まで同じだ。

「お嬢様、こちらもどうぞ」

サーラが甘い香りの袋を差し出した。中身は焼き菓子で、ナッツが入っているらしい。

「安心して口にできる物が必要になるかもしれません」

「ありがとう。鍵のかかるトランクへ入れましょう」

ここなら毒を盛られる心配もいらない。日記帳とトランクの隙間に、タオルに包んで入れた。ふっと笑みが溢れる。私は幸せね、こうして心配してくれる人がいるんだもの。

王宮へ向かう覚悟ばかり胸を潰してきたけれど、解決に向かう期待で膨らませてもいいはずよ。だから、絶対に俯くことはしない。

第四章　愚かさもここに極まれり

王宮には本宮と呼ばれる宮殿の他に、後宮が一つ、離宮が二つある。離宮は退位した王族が隠居する宮、結婚した若い王族の住まう宮だ。けれど、現在は両方とも閉鎖されていた。

王太子フリアンは本宮に住んでおり、王女パストラも後宮内で王妃と暮らしている。男性王族は本宮、女性王族は後宮に分かれた形だった。

貴族派は事前に騎士と侍女を送り込み、離宮を二つ確保している。話し合いが終わるまで王宮内に留まるか、毎日往復するか。便利さではなく、安全面が考慮された。各家に戻れば、各個撃破される可能性が高まる。上位貴族はともかく、男爵家や子爵家は襲撃されても持ち堪えられない。

王宮内も危険だが、料理人や身の回りの世話をする者を選抜することで、ある程度は防ぐことができた。何より、王宮内で危害を加えられたなら、他国の親族や王侯貴族へ助けを求める理由になる。他国の介入が始まれば、忖度《そんたく》のない厳しい結果が王家に突きつけられる。

勝手に危害を加える国王派が現れれば、その罪は王家に問うと事前に宣言がなされていた。この宣言は、隣国ロベルディの国王陛下が証人となる。何か起これば、ロベルディ王国が軍事介入する約束だった。

お母様を蔑ろにされたお祖父様や伯母様は、今もまだ……フェリノス国王を許していない。

国のために私情を呑み込み、公爵令嬢に王妃の座を託した。収まったように見えても、水面下で燻《くすぶ》る怒りは消えるはずがないのよ。

馬車が王宮の門をくぐり、離宮のある左側へ進路を取る。がたごとと揺れ始めたのは、離宮の道を補修をしていなかったせいね。庭や建物の手入れは最低限行っていたが、普段使わない道は後回しにされたのでしょう。

「予算は計上されていたはずだが……？」

お父様が苛々とした様子で呟く。あまりに揺れるので、隣のサーラが支えてくれた。それを見ていたお父様が、額を押さえ「横領の証拠探しもさせよう」と怒りを滲ませた。

王家の罪はまだありそうね。次々と現れる杜撰《ずさん》な王家のやり口は、誰が裏で糸を引いているのかしら。

「見えてきた、あれだ」

お父様が促す視線の先に、白い宮殿が見える。屋根も淡い水色で、壁は真っ白だった。綺麗だと思ったのも束《つか》の間《ま》、近づくにつれて粗が目に付く。ヒビの補修がされていないし、下から蔦が這い上がっていた。あれでは建物が傷んでしまう。

「ひどいですね」

「一ヶ月の予定だったが、半月で終わらせよう」

様々な不正や横領の調査もあるので、長期予定を組んだお父様も呆《あき》れ返った。この調子なら不正の証拠も、ぽろぽろ出てきそう。出迎えた貴族派の重鎮エリサリデ侯爵が一礼する。先に降りたお父様の手を借り、私は会釈を返した。

「フロレンティーノ公爵閣下、ご令嬢様。驚くほど粗末ではありますが、使えそうな部屋をご用意いたしました。どうぞこちらへ」

ふふっ、笑ってしまう。王家の離宮を、ここまで貶す貴族もそうはいないでしょうね。王家の威信は地に落ちた。

同行した騎士達も馬を侍従に預け、荷物の運び出しを手伝い始める。急がないと後ろが詰まってしまうわ。今日だけで数十の貴族家が集まる予定だった。それぞれの家が使用人と護衛の騎士や兵士を連れてくる。

膨大な人数が滞在予定の離宮は、まだ静寂の中にあった。

私達の後ろから別の馬車が到着する。振り返ったサーラは、鍵付きのトランクを手に微笑む。

問題ないわ。アプローチを空けるため、お父様のエスコートで離宮に足を踏み入れた。

用意された部屋は二階の中央付近だった。両端に階段があるので静かで、逃げ道を断たれる心配がない場所……気を遣っていただいたみたいね。

階段は両側にあるので、どちらにでも逃げられる。最悪、両側から敵が侵入しても庭へ飛び降りる手があった。開けた中央部分は、噴水や芝生の広場が近い。テラスから逃げる方法も考慮された采配《さいはい》は、エリサリデ侯爵だった。

まず避難路の確認を行い、それからゆっくり室内を見回す。外の荒れ方から想像したより、室内は整えられていた。どうやら事前に壁紙や絨毯を交換したようだ。柔らかなクリーム色の壁紙と、落ち着いた雰囲気の青い絨毯、家具も色を合わせて白木に紺の布張りだった。

革を使わないのは、短期滞在だから？　首を傾げながら、ソファに落ち着く。窓から見える庭は美しいと表現するには足りないけれど、観賞に耐えるレベルを保っていた。うちの庭師なら、ぴょこんと飛び出したあの植木はなかったでしょうね。ふふっと笑ってしまう。

この離宮に来て、私が理解したことがある。王家の財政状況だ。見える本宮ばかり気を遣っているようだけれど、他国から来賓が来たらどうするつもりかしら。我がフロレンティーノ公爵家の別邸や、領地のお屋敷はそれぞれに家令や執事が置かれている。こんな荒れた状態で、主人を迎えることはない。

公爵家から婚約者を選んだのは、財政的な問題。血筋より、そちらを重視したのでは？　それならば、私を罠に嵌めた理由がしっくりくる。自分達の責任で婚約を解消してもメリットはないが、私に過失があったらどうだろう。それも重大な過失だ。

お金を公爵家から引っ張りたい。だが己の欲望も我慢できない。両方を叶える我が侭な方法として、私を断罪した。けれど父の激怒した姿に驚き、思い通りにいかない状況に憤る。結局、一番簡単な方法を選んだ。

――当事者の死よ。

私が罪を認めて自害した。その形を整えるために、毒殺が選ばれた。公爵令嬢が自害するなら、剣や飛び降りは考えにくい。ましてや王子妃教育を受けた淑女なら、他殺に見える方法は絶対に選ばなかった。

王太子は最も卑怯で、最悪の手を選んだのね。毒を飲んで死んだとしても、体に押さえつけられた傷があることを……なんて言い訳するつもりだったのかしら。それとも、そんな考えも及ばない動物なの？

ふっと鼻先を擽る香りは、ローズマリーだろうか。閉じていた目を開いた私に、サーラがお茶のカップを並べた。持参したトランクではなく、抱えてきたバスケットを開けて昼食を用意する。

「お父様をお呼びましょう、隣の部屋ですもの」

すぐに扉の外に立つ護衛に伝えられ、お父様が顔を見せた。爽やかなお茶の香りと、ハムやチーズを挟んだパンに気づく。

「昼食をご一緒しませんか？　このあと忙しくなりますから」

兄の到着はまだ知らせがない。最高のタイミングだった。最低限の打ち合わせをしておきたい。私の誘いに、お父様はすぐに応じた。

兄が来たらどうするか。距離感、会話の内容、注意すべき点、それから探るべきこと。パンを頬張りながら決めるお父様の向かいで、私はサーラの同席を求めた。

恐縮しながら同じテーブルについた彼女は、これから私とずっと一緒だ。風呂も化粧室も、もちろん食事や寝室さえ。姉妹のように過ごす許可と同時に、お父様は思わぬものをくれた。

「……それは、とても役立ちそうですわ。ありがとうございます」

お礼を言って素直に受ける。サーラは驚きすぎて声が出なかったが、やがてか細い声で礼を口にした。彼女の身を守るのに、これ以上の盾はないわ。いずれ役立つはずよ。

兄の到着連絡が入った。この時点で、昼食から一時間ほど経過している。お父様はすでにエリサリデ侯爵と共に動いていた。

「お出迎えはしないわ」

サーラにそう告げる。お父様と決めた通り、基本はこの部屋を出ない。自らあちこち歩き回れば、それだけ危険が増すし敵につけ入る隙を与える。

庭であっても散策しない。自分の屋敷にいても同じだから、窮屈とは思わなかった。護衛に付く騎士は、すべて公爵家で雇っている。彼らにはお父様から厳命が下っていた。

お父様と私以外の命令を聞くな……それは次期当主であるお兄様を含め、外部からの手紙や呼び出しに対しても適用される。国王から叱責される事態になっても、お父様が責任もって対処すると言い切った。王族が信用できないから、この事態に陥ったんだもの。当然の結果だわ。

現在も廊下に繋がる扉の外には、二人の騎士が立っている。お互いを疑わないために、護衛は個々の貴族家が雇う形だった。私の護衛は普段と同じ、三交代制で三人一組の警護体制だ。先ほど確認したら、金茶の髪の騎士と黒髪の騎士が扉の外に立っていた。

安心できるよう、見慣れた騎士だけを配置するお父様の気遣いが嬉しい。

「王妃様やパストラ様にお手紙を書かなくては」

後宮にいるなら、申し訳ないが会いにきてほしい。無理ならお父様と一緒にお伺いすることになるだろう。いろいろと考えながら便箋を広げ、ガラスペンにインクを吸わせる。垂れないのを確認して、ペン先を紙につけた。

考えるより早く挨拶文が浮かんで、手が動く。さらさらと認めて、本題もすんなり上品な文章で仕上げた。会いたいがこちらから動くのは難しい、そんな内容だ。最後に一般的な挨拶で締めて、署名を施した。

封筒にしまった手紙に封蝋の準備をしていると、ノックがあった。サーラが応じて取り次ぐ。

「兄君がおいでです」

「お通ししていいわ。ただし、扉は開けておいてちょうだい」

未婚女性は、男性と二人きりにならない。このルールに対する答えの一つに、扉を開けたままにする方法があった。本来、家族なら適用されないの。それなのに扉を開けるのは、お兄様を信用していないと示すため。

どんな反応をするかしら。扉を開けておけば、緊急時に騎士が介入できる。扉が閉まっていたら、許可なく入室できないけれど。開けておくのは、飛び込む許可を与えたのと同じだった。

「久しぶりだ、リチェ」

「はい、カリストお兄様。学院でのお勉強は捗《はかど》っていますか」

封蝋を手早く終えて、サーラに目配せする。合図する前に、彼女は片付けとお茶の支度を始めていた。封蝋を終えた手紙を棚に移動させ、さりげなく文房具を積んで隠す。そのままワゴンのお茶道具を手に取り、湯を運ぶよう指示を出した。

お湯が届くまで時間がある。ソファを勧めて、私も向かい側へ腰掛けた。お兄様が腰を下ろすのを待って、じっくり観察する。こんなに痩《や》せていたかしら。頬も以前より痩《こ》けた気がした。

「勉強はいつも通り、まったく問題ないんだが……人間関係が荒れている。リチェの事件があってから、貴族の派閥が大きく動いた。今はそちらのほうが大変さ」

「そうですか」

淑女の笑みで受け止める。穏やかに話を横へ流した。まるで私のせいで人間関係に苦労したように仰るのね。そんな嫌味も呑み込んだ。やはり、お兄様は敵なのかもしれない。

「問題を起こした者は休学や退学になった。リチェはもう通わなくていい。安心してくれ」

「はい、ありがたいことです」

その後も雑談が続くテーブルへ、スコーンとお茶が運ばれた。お茶は透明に近いけれど、ハーブティでしょう。一口飲んで、ジャムを加えた。このほうが美味しいわ。

「お茶にジャム……味覚が変わったのか？」

予想もしなかった質問に、私は驚いて手を止めた。

思い返してみる。記憶にある限り、私はお茶に砂糖を入れない。ジャムも同じ。以前に酸っぱかったお茶に蜂蜜を垂らしたけれど、あれはサーラに言われたからだわ。自分から手を出さなかった。

特に甘いものが好きとは思わない。お菓子もそれほど食べないし、出されても一口二口程度。兄は重大な発言をした自覚がないのか、お茶を飲み干した。すぐにサーラが追加する。

「以前の私は砂糖を使いませんでしたか？」

「ん？　ほとんど使わなかったな。学院でも出された紅茶をそのまま飲んでいたし……」

変だわ。私とお兄様は学年が違う。そもそも貴族の子女が通う学院で、男女が机を並べることはない。教室も教育内容もまったく違った。この辺りは日記で読んでいる。この状況で、お昼を一緒に食べたような口振りだ。

「私はお兄様と昼食をご一緒したのかしら」

「いいや。リチェはいつも一人で食べていたから。目に留まったんだ」

王太子や側近達と食事を摂る兄は、ほぼ同時刻に一人で食べる私を見ていた。だから知っていると言い切る。何かしら、私は重要なことを見落としている気がするの。

「お兄様、先日……おかしな話を聞いたのです。私の所有する青い表紙の本を、王太子……殿下が持っていたと」

「無理に殿下なんてつけなくていい。ここには僕達だけだ」

話を逸らされた？　そう思った私に、カリストお兄様は小声で返した。

「日記？　あれは違う。今は言えないが、お前の日記帳ではない」

驚いて、目を見開く。お茶のカップが傾き、サーラが手を伸ばした。けれど、先に兄がカップを受け止める。そのまま私の手から奪って、ソーサーへ戻した。

「気になると思うが、あれは仕掛けの一つだ」

にやりと笑う兄の表情に、悪い印象はなかった。イタズラ好きの子どものよう。警戒心や違和感が薄れていく。

　あらゆる方角に毛を逆立てる猛獣の子みたいな私を、大丈夫だと諭《さと》すような兄の振る舞い。お父様がお兄様を放っておけと指示したのは、裏切りではないのかもしれない。味方でも敵のように見せる必要があったとしたら？

　いいえ、まだ油断してはダメよ。簡単に心を許せば、また傷つけられるわ。でも……今までのように、毛を逆立てて唸る必要はなさそう。

「お兄様は明日、何をして過ごされますの？」

「学院の首席を守るために、予習をしておきたいかな。あとは……少しばかり読書だ。読みたい本を後回しにしすぎた」

　こんなに積み重なっているんだ。両手で人の頭ほどの高さを示し、笑う兄は肩を竦《すく》めた。ソーサーを押してカップを遠ざけ、上に手で蓋をするような仕草をした。お茶はもういらないと示したのだ。

「今日は移動で疲れただろう。僕はこれで部屋に戻ることにする。何かあれば、左隣の部屋だから声をかけてくれ」

「はい、食事はご一緒なさいますか？」

「夕食か……父上が戻られるなら同席するよ」

　私の警戒を察したみたい。お父様が一緒ならと条件をつけて、立ち上がった。部屋を出る兄を見送り、サーラが扉を閉めるのを待つ。

「お兄様は敵ではないのかも」

サーラは何も言わない。肯定も否定もないことで、私は悟った。そうよね、今の私が他人の言動に惑わされるなんて。過去の記憶がないのだから、先入観を持たずに動こう。決めつけは目を曇らせるだけ。

冷たくなったお茶を飲み干し、私はカップを置いた。兄と同じ仕草でお茶の時間の終了を告げる。なぜか、懐かしい気がした。

戻った父に兄の合流を伝える。どうだった？　と印象を尋ねるお父様は、どこか楽しそう。良いとも悪いとも答えず、曖昧に誤魔化した。

少なくとも、敵だと決めつける時期は過ぎた。今は敵か味方かわからない位置にいる。何かを隠しているため、私に対して不自然な対応なのだと言われたら、納得できてしまう。そんな立ち位置だった。

家族三人で集まって、父の部屋で食事を摂る。各家はそれぞれに過ごすらしい。全員で一緒に集まることは危険を呼び寄せるため、行う予定はなかった。もし集まるとしたら、王族との会合くらいだろう。

ゆっくり食べ終えたあと、用意された珈琲にミルクを入れる。甘くする気分ではない。ミルクで軽くした苦味を楽しみながら、二口飲んでカップを置いた。

「カリスト」

促すように呼ぶ父に、兄はカップを手にしたまま話し始めた。視線はカップに注いだまま、小さな口の動きで伝える。

「王太子と側近のいない学院は静かです。僕が確認した限り、用意できそうな証人は片手ほど。残りは証言させると危険です」

「承知した」

騒動を起こしていた高位貴族がこぞって姿を消せば、静かなのはわかる。その中で証人を探していたの？　王族や側近がいなければ、学院の最高位は、筆頭公爵家フロレンティーノの跡取りになる。何か用事があって学院に戻ったのね。

お父様と目を合わせて話さない理由は何かしら。気になったけれど、私に必要なことならばいずれ教えてもらえる。そう確信があった。だから無理に聞くことはせず、珈琲をもう一口含む。じわりと広がる苦味とわずかな酸味、ミルクの香り……楽しんでから喉へ流した。

「アリーチェは変わりないか？」

「はい、お父様のほうは何か進展がありましたか」

「今日は横領犯の尻尾を捕まえたくらいだな。切り落として逃げようとしても遅い。頭まで食らいついてやる」

ぱちくりと瞬きして、トカゲみたいに表現するのねと口元を緩めた。人として扱う価値なしと判断したよう。実際、給与が支払われなかったならともかく、きちんと収入があるのに横領するなんて。役人でも貴族でも、恥を知るなら手を出さない。

恥を知らないなら人ではない。お父様の言い方が面白くて、ふふっと笑った。

「どうだ、俺のほうが先に笑わせたぞ」

「父上はずっと一緒にいたのですから、有利だったはず。勝負になりません」

言い争う父と兄がまた面白くて、表情は緩みっぱなしだった。明日頬が痛くないといいけれど。変な心配をしながら、自室に引き揚げる。

「お待ちください……」

入り口でサーラが止める。護衛の騎士に目配せし、彼らが先にドアを開いた。部屋に誰もいないことを確認した騎士が敬礼し、私はそれに会釈を返す。

金茶の髪が揺れた。彼はいつも視界に入る気がする。交代制だけれど、同じ髪色の騎士は他にいなかった。だとしたら、役職があって出勤日が多いのかしら。

ひらりと奥のカーテンが揺れた。そう、窓なんて開けていないのに。誰かが侵入したのか、それとも脅そうとしただけか。

「リチエ、どうした……っ、父上を呼べ」

後ろを通って左隣の部屋に戻ろうとした兄が、室内を一瞥してすぐに騎士に命じた。お兄様も気づいたのね。カーテンの揺れる窓の先、ベッドの上に赤い百合が一本置かれていた。香りが強いので、滅多に寝室へ飾らない花だ。

駆けつけた父は百合を見るなり、ずかずかと部屋に入って茎を掴もうとした。それを兄が止める。結局、呼ばれた侍従が手袋をして片付けた。サーラがベッドメイクを終え、ベッドの下やクローゼットの中まで調べた部屋を見回す。

気味が悪いわ。眉根を寄せた私に、お父様が思わぬ提案をした。

「今夜は俺の部屋で眠れ。気になって休めないだろう」

その場合、お父様はどこで休むのかしら。

父と兄が、左隣の部屋に引き揚げるのを見送る。開けてもらった右側の部屋に私は移動した。侵入経路の特定や犯人捜しは明日以降になるだろう。サーラを振り返り、彼女に同行してもらって良かったと安堵の息を吐く。もし彼女だけ部屋に残したら、留守だと思って侵入した犯人に害されただろう。

サーラは手首に鎖でトランクを固定していた。緩めに巻いたが、移動中はこの状態を保つという。ひったくられる心配をしているのね。とても助かるけれど、それで彼女がケガをするのは嫌だった。だから本当に危険な場面では渡してもいいと許可を出す。

「ですが」

「私にとって、過去の日記は大切な手掛かりよ。でもそれ以上にあなたが心配なの。わかってちょうだい」

雇い主としての我が侭よ。叶えてちょうだいと言い切った。命じてもいいのだけれど、彼女は気に病みそうだから。

私が使う予定だった部屋は閉ざされ、階下の庭も巡回や見張りが入った。お父様にあてがわれた部屋は、全体に色が落ち着いている。ダークカラーと表現すればいいのかしら。重厚感があった。

家具は触らず、整えられたベッドに座る。サーラを手招きし、一緒に腰掛けた。

「赤い百合って何か意味があるのかしら？」

誰かを示しているとか、暗喩があるとか。花言葉の可能性もあるかも。首を傾げる私に、サーラは同じ仕草をした。思い浮かばないので、特に意味はないのか。

部屋の風呂に入り、自室から持ち出したブラシで髪を梳かす。着替えた私の隣で、お風呂も同行したサーラが冷たい水を用意した。一口飲んで確かめ、私に差し出す。

「ありがとう」

そこまで心配しなくても……なんて口にできない。一度は毒殺されかけたんだもの。用心はいくらしても足りなかった。

この離宮に留まる間は、サーラと一緒に眠る。隣に誰かがいるベッドは覚えがなかった。幼い頃は乳母が付き添ったと思うけれど、さすがに並んで寝たりしないはず。

「おやすみなさいませ、お嬢様」

何かあれば私が守ります。そう言ったサーラに、私は微笑んで「おやすみなさい」と返した。眠る際も手首から外さない鎖の先に、トランクが繋がっている。広いベッドなのに、私とサーラは寄り添いあって目を閉じた。

どのくらい経ったのだろう。いきなり目が覚めた。部屋はまだ暗い。ぱちりと見開いた目に、人影が映る。サーラ？　そう思ったが、彼女は横になっていた。ならば、立っている人影は誰？

指先が震え、血の気が引いていく。怖い、けれど黙っている場面ではないわ。大きく息を吐いて吸い込み、その勢いで叫んだ。

「きゃあああぁぁぁああ！　げほ……っ、誰、か！」

けほっ、途中で咳き込んでしまう。ノックの音に「ぶち破れ、許す」とお父様の叫び声が重なる。やや距離が遠い許可を受けて、誰かが体当たりをした。こんなことなら鍵をかけなければ良かったわ。サーラが飛び起きたことで、人影は窓へ向かう。

カーテンが揺れた。そのまま人影を見送る。

「お嬢様っ！　今の人影は……何もされておりませんか？」

「え、ええ」

ぬるい水が入ったコップに口をつけ、咳き込んだ。まだ喉が痛いわ。

「毒かもしれん！　すぐに調べろ。飛び降りたのか？　違う……どこへ消えた！」

駆け込んだお父様は、手に棒を持っていた。剣ではない。部屋にあった暖炉の火掻き棒みたい。それを振り回して指示を出した。お兄様はきちんと剣を持っていたが、すぐにお父様に取られてしまった。代わりに棒を渡されて、溜め息を吐いている。

「無事か？　リチェ」

「はい、お兄様……お父様も」

「ああ、アリーチェ。部屋のソファで俺が眠れば良かったか」

部屋の窓際を調べた騎士は、犯人の逃走ルートを解明できなかった。申し訳なさそうに謝る騎士に無茶を言う気になれない。これは扉の前に立つ彼らの失態ではないのだから。

夜明けまで、お父様やお兄様と一緒の部屋で過ごした。

こんなあからさまに仕掛ける愚かさに、得体の知れない恐怖を感じる。自棄になって、皆殺しでも企んでいるのでは？　そんな不安さえ浮かんだ。私は上着の上から毛布をしっかり巻いて、震えながら夜明けを待った。

早朝から調査が始まった。離宮の管理責任者であるエリサリデ侯爵は、申し訳ないと謝りに訪れる。その肩を叩いた父は、結果を出すことを求めた。頭を下げるのも重要だけれど、犯人捜しや侵入ルート特定はもっと大切だもの。

侯爵を責める言葉より、彼のやる気を高めて送り出すほうが有意義だった。フロレンティーノ公爵家に宛《あて》がわれた部屋は三室だ。中央が私、私の部屋から廊下を正面に見て右隣はお父様、左側がお兄様に用意された。二人の間に私がいるのは、守るためだと思う。

中央の部屋の真下は、噴水や芝生の広場に繋がるレンガが敷かれた幅広い道がある。窓から出入りする人影が一番目立つのに、窓が開いてカーテンが揺れていた。真っ先に疑われたのは窓からの出入りだった。赤い百合を持ち込んだ犯人の姿を見た者はいない。

お父様の部屋へ入った人影は、廊下の護衛騎士に姿を見られていない。カーテンは揺れたが、そのあと悲鳴を聞いて駆けつけたお父様達により窓の施錠は確認された。テラスへ出るガラス扉は施錠されたまま。となれば、なんらかの隠し扉や通路があるはず。

十人ほどの騎士が集められ、各家の当主も心配そうに集まった。

「これが目的かもしれんな。皆は仕事に戻ってくれ」

お父様の言葉に、はっとした表情の貴族は散った。それぞれの仕事に戻るためだ。騒ぎを起こして、こちらに視線と注意を逸らす目的なら。私が直接危害を加えられなかった理由として、納得できる。この騒ぎで追及の緩んだ隙に、証拠隠滅を図る恐れがあった。

横領や殺人未遂、王家の横暴な振る舞い、数えきれない罪状を追求する貴族派は、大急ぎで担当する現場へ向かう。彼らの退室を待って、再び騎士達の捜索を見守った。

部屋の家具も可能な限り移動させて確認していく。どこかに抜け道はないか。落とし物がないか。塵まで拾い上げ、何かを発見するたびに確認をした。

面倒で長い時間を経て、先に結論が出たのはお父様の部屋だ。カーテンを集めた隅、壁際を調べていた騎士が隙間を発見した。そこを開けるため、騎士二人がかりで壁や床を撫でまわす。

「アリーチェ、カリストの部屋で待っているか？」

気を遣うお父様に首を横に振った。カリストお兄様は、失礼と断りを入れて隠し扉のありそうな壁に駆け寄る。なかなか発見できないので苛々したのかしら。

「この場で待ちますわ」

「でしたら、椅子をご用意させます。まだ体調が回復しておられないでしょう」

エリサリデ侯爵の気遣いで、長椅子が一つ運び込まれた。端にそっと腰掛けて、サーラに手を伸ばす。首を傾げる彼女から、トランクを受け取った。侍女だから隣に座るわけにいかない。

ならば、重い荷物は私が預かればいいのよ。目配せで意味を察したのか、彼女は一礼した。

「見つけました!!」

お兄様の隣にいた騎士が声を上げる。人の視線がそちらへ集まった。カーテンを持ち上げて見えるよう支えるのは、我が家から連れてきた侍従だ。その横にぽっかりと黒い穴が開いていた。ここが侵入口で間違いないでしょう。何しろ、あの場所でカーテンを揺らして消えたのだから。

「塞ぐ方法を考えなくては……」

エリサリデ侯爵が眉根を寄せる。お兄様の提案で、この通路の出口を探ることになった。大急ぎで侍従が駆け回り、灯りを用意する。率先して先頭を切ろうとする兄に、騎士達が首を横に振った。小公爵であるカリストお兄様に何かあったら大変だもの、当然だわ。

多少のやり取りがあり、お兄様は二番手を勝ち取った。言い包《くる》めたというほうが正しいかも。興味はあるけれど、私が入るのは絶対に許可が下りないわね。すぐ脇に立つお父様を見上げた。お兄様が入る時点で、すでに眉間に皺が寄っている。

騎士が四人とお兄様、灯りを持つ侍従。合計六人で、隠し通路の探索が決まった。ひらりと手を振って入っていく兄は、楽しそう。あちらは任せて……そろそろ私にも仕事が届きそう。

「フロレンティーノ公爵令嬢様に、後宮より手紙が届いております」

運んできた侍従からサーラが受け取り、取り上げたお父様が裏返す。封蝋を確認して、私に渡った。王妃様の封蝋が施された手紙は、ふわりと甘い香りがする。昨日出したお手紙の返事を読み、待っているお父様に回した。

「エリサリデ侯爵、王妃様とパストラ様がおいでになるわ。どこか部屋を用意していただけるかしら」

にっこり笑って、客間を要求した。折角《せっかく》だもの。昨夜の事件も含めて、王族の情報を丸裸にして差し上げましょう。

再び私の命が狙われた。やや大袈裟《おおげさ》にそう告げて俯くと、王妃様は目を見開いて固まる。パストラ様の手にあるカップが傾いて……溢れる直前に侍女が手を添えた。慌ててソーサーへ戻される。

「なんて愚かなの……私は……アレッシア様になんてお詫びしたら」

王妃様はきゅっと眉根を寄せ、険しい表情で嘆いた。この国の王妃になるため嫁いだけれど、生まれた国は隣国ロベルディだ。このフェリノスで地位が逆転しても、王妃カロリナ様にとって母は王女だった。

「隠し通路が使われたのですね？　でしたら、すべて公開いたします。どうせもう……この王宮は、近くお役御免になるでしょうから」

フェリノスの王家は終わり。現王妃のカロリナ様が言い切った言葉は、そのまま未来を示していた。ここまで貴族が離反し、王族の起こした事件を調べている。どう取り繕ったところで、隠しきれない状況だった。

「私もいくつか存じております。お母様、後宮や本宮の通路も公開しましょう。私達は何も困りませんもの」

王女パストラ様は穏やかな笑みを浮かべて、母を促す。すぐに王宮の見取り図が用意された。普段は秘密書類として、表に出されない。侵入者対策であり、同時に権威の象徴でもあった。

平面図は、各階ごとに丁寧に描かれていた。各階の位置を正確に把握するため、階段が目印になる。その位置を重ねれば、上下階の状況が理解できるよう、同じ縮尺で作成されていた。

「ここ、それからここにも扉があるわ」

「こちらに繋がっているの」

お二人の協力で、王宮の隠し通路や扉の位置が明かされていく。その数は想像より多かった。

「この辺は古すぎて扉が開かないと思うわ。四世代以上前の仕掛けなの」

いくつかは古すぎて利用できないとバツ印がつけられた。それでも調査と確認のため、すべてを地図に書き足していく。この調査が始まって、テーブルのお茶はすべて片付けられた。

代わりに用意されたのは、大きな紙と文官達だ。絵の心得がある数人が、地図を模写し始めた。手分けして回るなら、同じ地図が複数必要だもの。エリサリデ侯爵の指示で、次々と書き足された。

「昨夜の侵入がこの部屋なら、繋がっているのは……この辺りね」

王妃様の指が、すっと本宮の一角を示した。地図上は物置になっている。だが、小さな物置が複数並ぶ不思議な間取りだった。

「ここの物置はすべて、外へ通じているわ。離宮や後宮、一番遠いものは隣の森へ出られるはず」

逃げるための通路と考えて間違いない。知られていないことを利用して、侵入経路にしたのなら……。

「目的は何かしら。私の殺害？　でも、いま何かあれば王家が疑われるのに」

自分達が疑われると確実な状況で、わざわざ私の命を狙う理由がわからない。そう呟いた私に、お父様が首を横に振った。

「狙われたのは、アリーチェではない。俺だろう」

確信を滲ませたお父様の声に、エリサリデ侯爵が「なんて愚かな」と呻き声を漏らす。本当にその通り、私やお父様を殺しても流れはもう止まらないわ。

お父様は、横領と婚約破棄の裏側を探るフロレンティーノ公爵家の混乱を狙ったと推測していた。婚約者である私に使うべき予算が、どこかに消えている。離宮の管理費も含めれば、膨大な金額だった。その行き先はどこか……。

元は税金だ。民が働いて納めたお金が「消えました」「はいそうですか」と終わるはずもない。様々な書類を集め、消えた金の行き先と正確な金額の割り出しを行った。

婚約破棄の理由に関わる可能性があるとして、お父様が横領関係の調査を担当する。調査そのものが止まらなくても、遅らせることが目的なら？

「俺が倒れれば、逆に抑えが利かなくなるぞ。愚行もここまで来ると……哀れだな」

やれやれと肩を竦める。父の言う通りだった。もしここでお父様や私が倒れたら、貴族達は歯止めを失う。怒りや過去の屈辱を晴らすべく勝手に動き回り、王家を食い荒らすだろう。それは国を揺るがし、他国に付け入る隙を与えてしまうのに。

「お父様を狙ったから、私に危害を加えなかったのかしら」

こてりと首を傾げる。あの場で、私が悲鳴を上げる前に攻撃することも可能だった。首を絞めるなり、刃を突き立てるなり……サーラがいたけれど、邪魔なら一緒に始末することもできるわ。私達は眠っていたのだもの。

「二人いたので迷ったのかもしれません」

サーラの冷静な声に、なるほどと頷く。どちらが令嬢でどちらが侍女か。薄暗い部屋で判断できずに手を拱《こまね》いて、叫ばれてしまった。そちらの考えも頭の片隅に置いておこう。偏った考えは危険だ。見えるものを隠し、聞こえる声を遠ざけ、私の未来を閉ざすから。

数時間後、兄と騎士達が本宮内の倉庫らしき部屋に到達したと連絡が入った。脇道はなく、本宮からの侵入だったと確定する。彼らが認めるとは思わないが、一つの成果だった。

地図をじっくり眺め、王族の二人は数箇所を指摘する。

「私が知っているのはここまでです」

きっちり確認したパストラ様は言い切った。後宮を含め、各所に繋がる通路は多い。手元に記して残すことが許されなかったため、王族は暗記している。その情報をすべて公開した。

王妃様も同様に確認をしていたが、ふと手を止めて眉根を寄せた。首を傾げながらもう一度本宮の見取り図を眺める。

「この通路、ここへ繋がるのはおかしいわ」

「どこです？」

「謁見の間にある玉座の裏よ。ここから外へ繋がっているはずはないの。出口は後宮よ」

古い通路はほぼ独立しているが、新しく作られた隠し通路は途中で合流している。建設費用を浮かせる目的だろう。外へ繋がる通路は階下にあり、一見すると繋がっているように思われた。見取り図の扉の位置からして、私もそう思う。

覗き込んだ私に説明するように、王妃様は断言した。

「絶対に外へ繋がらない。だって、ここは国王しか使えないのよ」

国王の背後を突ける唯一の通路が、王宮の敷地外のはずはなかった。

扉が他の場所と違い、同じ手順で開かないという。その開け方を知るのは、国王ただ一人。そして跡取りである王太子に引き継がれる。王妃や王女は扉の存在を知っていても、開けることは不可能だった。

「外へ嫁ぐ女性には教えない。それは……」

秘密の隠し場所にぴったりだわ。浮かんだ言葉を呑み込んだ。見つかっていない資料を隠すのに、これ以上最適な場所はない。王宮中をひっくり返しても、出てこなかったら、ここしか考えられなかった。

「ひとまず、隠し扉をすべて破壊します」

封じるのではなく、二度と利用できないよう壊す。それならば、開ける方法がわからない扉も問題なかった。使えなくするのが目的だもの。

エリサリデ侯爵は物騒な宣言をすると、王妃様に一礼した。鷹揚《おうよう》に頷いた王妃様は一言「許可します」と声を上げた。扉を壊しに向かう騎士達、指揮を執るお兄様……事態は一気に解決へ向かうはず。

欠伸をかみ殺し損ね、お父様や王妃様に心配されてしまった。少しだけ、横になるわ。サーラも一緒に……隣にいてちょうだいね。

ひとまず用意された客間で眠った。サーラも一緒に横になるようお願いし、戻られたお兄様が同室で待機する。気を遣ったエリサリデ侯爵の申し出により、侯爵夫人が付き添いに入った。

未婚の適齢期の男女……一般的に兄弟は対象にならない。けれど、この部屋にはサーラがいた。彼女も貴族令嬢であるため、噂の対象になる。それを防ぐ心遣いだった。

寝ているだけの私達の付き添いなんて、申し訳なかったわ。そう思いながら目を覚ました私は、思わぬ光景に目を瞬く。真剣な顔のカリストお兄様と侯爵夫人は、戦盤《いくさばん》に興じていた。状況は、お兄様が不利なようだ。眉間に皺が寄っている。

「これでいかが？」

対する侯爵夫人は余裕の笑みを浮かべ、淡いピンクに染めた爪先で駒を動かした。

「くっ……参りました」

足掻《あが》こうとしたが、戦況をひっくり返せないと判断したようだ。素直に負けを認めた。

「リチェ、起きたのか」

「あ、はい。ありがとうございます」

侯爵夫人と兄に付き添いの礼を告げる。サーラはすでに起きており、ベッド脇の椅子に控えていた。窓の外はまだ明るく、時間はそれほど経っていない。やや傾いた日差しが部屋に差し込んでいた。

改めて侯爵夫人に向き直る私の髪を、サーラが手慣れた様子で直した。少し乱れていたのね。

「ごめんなさい、王妃様とパストラ様のお見送りができなかったわ」

「問題ない、父上が護衛を手配したから」

護衛は別の話。礼を欠いたのは事実なので、あとで手紙を書こうと決めた。目が覚めてからの私、きっと淑女らしからぬ振る舞いばかりだわ。反省しましょう。

「父上から報告があった」

大きく進展があったのだという。怒ったお父様が乗り込んだことで、文官の一部が書類を提出した。王家につくより、公爵家率いる貴族派に恩を売ろうと考えたのだろう。様々な書類が、あちこちの部署から寄せられる。

文官は下級貴族の嫡子以外が多く、騎士と同じだ。行き場のない彼らは就職先である王宮に忠誠を誓うが、それも限界があった。雑な横領の痕跡や改竄《かいざん》の履歴を見つけるたび、またかと溜め息を吐く日々。

働いて得る給金の数年分に当たる金額が、一瞬で消えてしまう。そんな現場で働けば、精神的にも疲れる。もううんざりだと投げ出すのも当然だった。貴族派の言い分に正当性があり、婚約破棄騒動の顛末を知っていたら。

余計にこちらへ肩入れする者が増える。一人が手のひらを返せば、あっという間に彼らはこちらへついた。

賢い選択だわ。少なくとも、横領や改竄の濡《ぬ》れ衣《ぎぬ》を着せられることはない。あのまま王家に従えば、国王派の罪は文官達に押しつけられただろう。横領の罪は重く、まったく関係ない親類まで巻き込まれる。

沈む船から逃げる権利は、誰もが持っているのだから。ただ、船長だけは最後まで残らなくてはならない。たとえ船が沈んだとしても。国王や王太子は、その責任から逃れることは不可能だった。

「ロベルディの伯母上が、ついに動くそうだ。他国への牽制もあるが、思ったより早かった」

カリストお兄様は、さらりと爆弾発言を繰り出す。伯母様って、第三王女だったお母様の一番上のお姉様よね。つまりロベルディの女王陛下のお出まし？　一大事だわ。

婚約破棄騒動以前の記憶がないため、伯母様のこともわからない。お兄様によれば、末妹であるお母様をとても愛しておられたそう。その繋がりで、私をとても大切にしていた。

クラリーチェ・ネスタ・デ・ロベルディ女王陛下——公平に物事を判断なさるが、厳しい一面を持つと聞く。豪快で女性らしからぬ振る舞いが多いとか、噂はいろいろと耳に届いた。

ふと、クラリーチェの署名が入った手紙を思い出す。黒い木箱の手紙の底に、大切にしまわれた封筒。あれは伯母様からの手紙だったのね。

ならば紋章だけの手紙も、すべて伯母様との文通だわ。かなり親しく私的な話をした可能性がある。発見した手紙すべてに、目を通しておくべきだった。

後悔しながらも、屋敷へ戻るわけにいかず諦める。

私の記憶がないことは伝わっているかしら。その辺はお父様にお伺いしないと。もし知らないなら、きちんとお話ししなくてはならない。黙っているなんて失礼だわ。

「伯母様はどこまでご存じなの？」

「アリーチェの婚約破棄騒動は、翌日には知っていたな。その後も情報を求めて、父上に連絡が来ていたはずだ」

お父様がどこまで話したのか。ややこしい事態にならなければいい。

お父様は今、文官達からの報告や証拠の提出を受けている。最終的に、王宮へ出向いて話を進めるようだ。離宮関連や王子妃予算の横領は、早く片付くだろう。

「フロレンティーノ公爵令嬢様、よろしければお茶をご一緒しませんか？」

エリサリデ侯爵夫人のお誘いに、私は迷わず頷いた。何か情報を持っておられる様子。そう判断したのは、弧を描いた口元だった。意味がなかったとしても、とても魅力的だわ。ぜひお近づきになりたい。

部屋から出ることはお兄様の許可が出ないので、この客間で行った。女性のお茶会を邪魔する無粋《ぶすい》は遠慮すると言い残し、お兄様は部屋を出る。護衛の騎士は扉の所に二人、表のテラスに繋がる柱の陰に二人。隠し通路がないことも、王妃様達のお陰で判明していた。

サーラが慣れた手つきでお茶を用意する。侯爵夫人へ紅茶を淹れると思ったけれど、そこは徹底していた。ジャスミン系のハーブティだ。香りが部屋に漂うと、侯爵夫人はゆっくり深呼吸した。

味より香りを楽しむお茶がテーブルに並ぶ。

「王太子殿下に関する噂をご存じでしょうか？」

「噂、ですか」

切り出された話は、想像した方向ではなかった。隣国ロベルディや、隠し通路の話ではない。今さら、王太子の噂話？　そんな怪訝《けげん》な表情を浮かべたのだろう。侯爵夫人は「あら、素直な方ね」と微笑んだ。

記憶をなくしてからの私は、感情が素直に顔に出る。危険だと示すように、侯爵夫人は首を横に振った。

「リベジェス公爵家の……あの女性です。彼女がアルバーニへ嫁ぐ前、約束をしたそうですわ」

最後の一線を越えたかどうか、それは当事者以外、誰も知らない。けれど、支援を約束した話は……貴族の憶測を呼んだ。

「年老いた先代王へ嫁ぐ、公爵令嬢カサンドラ様へ、王太子殿下がティアラを贈りました。これは噂ではなく事実ですわ。そのティアラだけでなく、毎年彼女へ贈り物をしたとか」

エリサリデ侯爵は外交に関する知識が豊富で、他国との交渉事に長《た》けている。砂漠の国とも交渉を行ったはず。定期的に使者を向かわせ、国交を保とうとした。その布石《ふせき》の一つが、ご令嬢の輿入れだったのだ。

本来は伯爵令嬢が嫁ぐ予定だった。お相手も年老いた王ではなく、次世代を担う王太子殿下へ。そこに割り込み、話を複雑にしたのがリベジェス公爵令嬢だ。己の野望のため、王を傀儡に仕立てようとした。

「王太子……殿下と恋仲なら、この国の王妃を狙うのではありませんか？」

「一般的にはそうなります。でも、国王陛下はフロレンティーノ公爵家の後ろ盾が欲しかったのでしょう」

私の後ろに隣国ロベルディを見た。息子を支える柱に、フロレンティーノ公爵家を選んだのね。だったら婚約破棄は悪手だわ。結婚してから殺害すれば良かったのに……。

混乱してきた私は眉根を寄せ、お茶をゆっくり飲む。考えに沈む私をよそに、エリサリデ侯爵夫人はさらに続けた。

「私が思うに、敵は複数いるのではありませんか？　王家の方々、それ以外……皆様が打ち合わせなく勝手に動いたのでしょう。実は……こういった推理が好きなのです」

後半は、こそっと声をひそめ、彼女はウィンクして笑った。普段から恋愛小説より、殿方の好む謎解きを楽しんでいる。そんな暴露に、仲良くなれそうだと感じた。おそらく、私もそちらのほうが楽しく読めると思うもの。

お勧めの小説を何冊か教えてもらい、お茶会はお開きとなった。客間を出る私を、待っていたお兄様がエスコートする。

護衛の騎士達は静かに場を譲った。ちらりと見た先で、金茶の髪色が揺れる。彼はいつも適切な距離を保って、私を見守っていた。初めて部屋を出た時もそう……交代制のはずなのに、姿を見る機会が多い。使命感の強い方なのかしら。

淑女の危機を救うのは、騎士として最高の誉れと聞くから。彼もそうなのだろう。傷つけられた私に同情している。なぜか、胸の奥がちくりとした。

歩き出した私は前を向き、後ろの騎士の存在を忘れようと努めた。

「王妃殿下方の情報から、この部屋なら安全だと判断した。続き部屋に父上と僕が入る」

お父様とお兄様は同室になるのね。緊急時に駆け込めるよう、続き扉のある部屋が選ばれた。当然だわ、すでに侵入されたんだもの。私やサーラが殺されなかったのは、運が良かっただけ。そう気づいて、ぞっとした。

ターゲット違いでも殺してしまえ、敵がそう考えたら命はなかった。

毒殺未遂を犯した王太子の側近と、今回の黒幕が同じかわからない。味方は着々と増えているけれど、中には敵も交じっているでしょう。考えるほど泥沼に嵌る気がした。

これこそ、敵の思う壺だわ。疑心暗鬼になるより、顔を上げて堂々としていよう。私は被害者であり、断罪の権利を持つ公爵令嬢なのだから。

「お兄様はこれから何を？」

「剣術の稽古だな。リチェを守りたいからね」

各家から連れてきた騎士達は、交代制で腕を磨いている。その訓練に顔を出すという。学院は、現在閉鎖されているらしい。王族と貴族の騒動が、学院内に飛び火するのを恐れたのだ。禍根《かこん》を残すトラブルに発展する可能性もあった。

通っていた子女も、各家に戻る。この離宮に親と一緒に避難した子も、数多くいるでしょう。

「交流がどうのと心配しなくていい。リチェが参加するお茶会や集まりには、父上か僕が同伴するから。気にせず過ごしてくれ」

しばらく予定はない。そう言い切った兄に頷き、私は新しい部屋を見回した。使う予定はなかったのか、家具や壁紙を新調した様子はない。全体に落ち着く色合いだった。

目に優しいオフホワイトの壁に、家具は落ち着いた赤茶色。絨毯も複数の色を使っているが、全体の印象は暗い赤が近い。お茶会の間に、ドレスや荷物が運び込まれていた。護衛の騎士達も手伝ってくれる。荷物はすぐに収納し終えた。

「サーラ、しばらく読書をするわ」

日記帳を読み進めていこう。離宮に来てから、予想外の事態で忙しくなった。だからこそ、時間を見つけて目を通そうと思う。ここに書かれた事実は、少なくとも改竄されていないから。過去の私が感じて記した記録だ。

日記帳を取り出し、トランクは足元に置いた。ソファの脚に立てかけるように置き、足首で支えて押さえる。確認して、サーラは一礼した。荷物の点検と片付けを始める彼女から、手の中の日記帳に目を落とす。

先日読んだ場所に挟んだ栞を抜き、ページを捲った。学院で王太子の恋人について噂を聞いたこと、その女性が複数いること。また持ち物がなくなった件や酷い言葉を投げつけられたことなど。

読むにつれて気分が悪くなる。眉根を寄せて、顔を顰めた。私の地位は公爵令嬢だ。当然、貴族子女の中では上から数えるほうが早い。にもかかわらず、下位である侯爵令息や伯爵令息に暴言を吐かれたなんて。

王太子の側近という立場があっても、生まれ持った地位は揺るがない。私の地位が剥奪されたわけでもないのに、王太子の威光を笠に着て好き勝手したのね。これは断罪の証拠になるわ。

ページの角を内側へ折った。

もし護衛や侍女が同行していたらすぐ止めた。お父様へ連絡も届いたはず。だが、学院内へ使用人を連れて入ることは禁じられている。後手に回った原因は、私が我慢してしまったから。この点は反省したほうがいいわ。

噂話をさも本当の出来事のように吹聴する。そんな貴族子女に囲まれ、私はきっと感覚が麻痺していた。面倒だから黙ってやり過ごそう。そんな本音が透ける。今の私なら、蹴散らしてしまうでしょうけれど。

何ヶ月も孤独の中で俯き、やり過ごす術《すべ》だけを覚えてしまったとしたら？　歪んだ紙は涙の跡だろう。乾いた凹凸の痕跡を、そっと指でなぞった。安心して、昔の私。必ず報いを受けさせるわ。

お父様は横領の証拠をいくつも回収できたらしい。戻りが遅かったので食事は別になってしまったけれど、お話を聞くために同席した。お茶を飲みながら相槌《あいづち》を打つ。全体にこちらが有利に動いていると聞いて、ふと心配になった。

「お父様、危険ですわ。うまくいっている時ほど用心なさってください」

「ああ、もちろんだ。アリーチェの心配を心に留めておくとしよう」

公爵家から連れてきた護衛は常にお父様についているし、お父様自身も剣技は見事な腕前だと聞く。それでも過《よぎ》った不安は、数日後に現実のものとなった。

エリサリデ侯爵夫人に借りた本をお返しし、そのまま彼女の部屋で戦盤に興じる。お兄様を追い詰めただけあり、とても鋭い手を打ってくるわ。迷いながら半分ほど進んだところで、連絡が飛び込んだ。入り口の護衛に何かを告げる声が聞こえる。厚い扉の向こうの騒ぎが気になり、私は駒を予定の一つ手前に置いた。

「あら、そちらでよろしいのね」

「あっ！」

指摘された時には遅く、侯爵夫人の駒に搦めとられる。やってしまったわ。がっくりと肩を落とした。

勝負がつくのを待っていたようにノックがあり、応対に出たサーラが「お嬢様っ！」と声を上げる。普段から落ち着いている彼女の取り乱しように、私は嫌な予感がした。けれど、聞かない選択肢はない。

「……何があったの？」

「旦那様が襲われて、おケガをなさったと！」

がしゃんと音がして、戦盤がテーブルから落ちる。驚いた顔で立ち上がった侯爵夫人は無作法を詫びるより先に、襲撃によるケガの程度を尋ねた。そうよ、これは私がすべきことだった。

お父様は軽傷と知り、立ち上がったものの膝から力が抜ける。

床にへたり込んだものの、倒れる無様《ぶざま》は回避した。駆け寄ったサーラの手を借り、椅子に落ち着く。胸はどきどきと激しく打ち、息苦しさが襲ってきた。

お父様が襲われるかもと思ったのに、どうしてもっと強く忠告しなかったの？

自分への怒りでぶるぶると手が震えた。そんな私の感情を和らげるように、エリサリデ侯爵夫人が手を握る。血の気が引いた私より温かな指は、優しく気持ちを宥《なだ》めた。

「駆けつけてはダメよ。敵の思う壺です。この離宮は多くの騎士が詰めているわ。ここから出ないでちょうだい」

言い聞かせる侯爵夫人に頷く。もし彼女が言ってくれなければ、私は飛び出したかもしれない。

「リチェ、無事か？」

「はい……お兄様」

訓練していたのだろう。着替えもせず駆けつけた兄が、ほっとした表情になった。これからお父様を迎えに行くという。同行したい気持ちを呑み込み、お願いしますと頼んだ。

「ああ、状況もまだわからない。絶対に人の少ない場所へ行かないように」

「ご安心ください。小公爵様、私ども女性のみで集まるつもりです」

一部屋に女性だけで集まる。騎士の負担を減らし、護衛を手厚くすることが可能だった。すぐに離宮に周知され、隣の離宮でも同じように一部屋に集まる指示が出される。我が公爵家の騎士も、他家の護衛と共に警護に回された。

これ以上、誰も傷つかないで。愚かな策を巡らせたところで、与えられる罰を逃れることはできないのだから。

同じ部屋に集まった女性達は、雑談に恐怖を滲ませて固まった。いくつかのグループに分かれた人々は、顔見知り同士で様々な話を始める。黙って震えていても恐怖は膨らむばかり。気を紛らわせる意味もあって、年長者が話題を振ることが多かった。これればかりは経験が物を言う。

多くの騎士が室内に配置された。各家の騎士は女主人や令嬢の近くの壁に立ち、周囲を警戒する。私には、金茶の髪の騎士がついた。彼に名を聞いてみよう。この件が落ち着いたら、いつものお礼を伝えようと思った。本当に感謝しているんだもの。

エリサリデ侯爵夫人に手を引かれ、私はサーラと部屋の中央にいる集団に入った。子爵から侯爵まで、ご夫人方が集まっている。年嵩なのも手伝い、落ち着いた雰囲気は居心地がよい。ほっと息を吐き出した。記憶がないから、根掘り葉掘り聞き出そうとする人とは一緒にいたくない。

「フロレンティーノ公爵令嬢様、今回の騒動はお気の毒でしたわ。公爵様のケガは軽いと伺い、安堵しております」

「公爵様にお見舞い申し上げます」

口々に父や私を気遣う言葉が贈られる。

「ありがとうございます」

ぎこちなくも笑みを作った。ここは客間ではなく、広間として使えるよう柱を減らした部屋だ。小さなダンスパーティーなら、十分すぎる広さだった。お陰で離宮の半数近い人数が集まっても、楽に収容できる。壁際に騎士が並び、侍従や侍女達が椅子やテーブルを準備した。

しばらくここで過ごすことになりそう。さすがに日記帳を開いて読むわけにいかず、私はさざめく人々の様子を眺めていた。働くサーラにトランクを持たせるのは酷だ。私が受け取って足元に置いた。ふわりとしたワンピースの中に取り込み、膝を締めてトランクを挟む。

「私どもがお預かりいたしましょうか」

壁際に背筋を正して立つ騎士に声をかけられた。こんな声だったかしら。とても柔らかく、気遣いに満ちた響きに目を見開く。金茶の髪の騎士は、トランクを預かるか尋ねた。返答しなくては……と思うだけで苦しい。

どきどきするのは緊張のせいよね。でもお名前を知るチャンスだわ。

「大丈夫よ、座る私が持つほうが楽ですもの。気遣いは嬉しいわ、ありがとう。その……今さらなのだけれど、お名前を聞いても？」

「っ、失礼しました。セルヴァ子爵家次男ロザーリオと申します」

「ロザーリオね、覚えておくわ」

名前を知っただけなのに、口元が緩んだ。そんな場合ではないのに……。戒《いまし》めるように唇を引き結んだ。

忙しく出入りする侍従が家具を運び、侍女達がクッションなどを持ち込む。徐々に整えられていく室内を見ていて、ふと気になった。

同じ場所に集まったら、ここを襲撃されるわよね？　これって、本当に安全なのかしら。数人ずつのグループに分かれ、点在したほうが襲撃しにくいのでは？

提案しようと見回すが、兄の姿が見えない。私が勝手に発言してもいいのか。迷った時間が、明暗を分けた。

「動くな！　ここにいる者は全員、我らの指示に従ってもらう!!」

大きな声を上げて飛び込んだ男に、騎士が飛びかかる。なぜ斬《き》りかからないの？　そう思った私は、はっとする。そうよ、大事なことを命じ忘れていた。息を吸い込み大声で叫んだ。

「フロレンティーノ公爵家騎士団、抜剣を許可します。私達を守りなさい」

騎士に抜剣の許可が出ていないのだ。貴族夫人や令嬢が集まる場で剣を抜くには、主家の許可が必要だった。ひとたび事故が起これば、責任を取るのは仕える主になる。そのため、許可なく剣を抜けなかった騎士が多い。

私の叫び声に反応し、同じグループの夫人達も声を上げた。各家の女主人が許可を出す中、叫んで飛び込んだ男が斬り捨てられる。混戦状態となり、危険を感じた女性達は部屋の隅に固まった。男の率いてきた兵士は、全員が顔を隠している。

王宮の敷地内でこれほどの兵を動かせば、すぐに近衛や第一騎士団が動く。離宮に到着する前に、騒動が起きるはず。ならば、この兵達は外から来たのではなく、元から中にいたのだ。国王派の指示で動いている可能性が高い。

黒い布で顔を覆った男がこちらに近づくのを見て、数人のご令嬢が悲鳴を上げた。

対立したとはいえ、抵抗できない貴族のご令嬢や夫人の集団に危害を加えるなんて。民のために己を犠牲にする尊さを持たない輩《やから》に屈したくない。この程度の連中に負けてなるものですか！

頭に来すぎて、自分がどんな行動に出たのか。気づいたのは、手を振り下ろしてからだった。靴を片方脱ぎ、そのヒールを掴んで男の顔面を殴る。

「っ、引きずり出して叩きのめしてやる」

叫んだ男が手首を掴もうとするが、直後、不自然な動きで膝から崩れ落ちた。肩で息をしながら、倒れる男を見つめていた私に声がかかる。いつの間にか身を滑り込ませたサーラが盾になっていた。

「お嬢様！」

「すぐ助けにまいります」

ロザーリオの声も重なる。少し先で切り結ぶ騎士の顔に焦りが見えた。

「リチェは勇敢だな。次からは僕がいる時にしてくれ」

そうしないと助けが間に合わないからな。そう笑った兄が剣を背に回した。血が見えないよう気遣ってくれたようだ。ほっとした私をサーラが支える。

「斬って捨てよ。これらは賊《ぞく》である」

小公爵であるカリスト・フロレンティーノの宣言に、騎士は口々に了承を返した。仕える家に関係なく、騎士達は背を預け合って敵を排除する。

「反撃開始、ですわね」

ふふっと笑うエリサリデ侯爵夫人は、右手で戦盤を指す仕草をした。どうやら、これも作戦だったみたい。

一気に反転攻勢へ出た騎士に、賊は数を減らし始めた。ええ、たとえ見たことのある制服を着ていても、賊に過ぎない。同情する気持ちは一切湧かなかった。

一箇所に集まることで、国王派の動きを誘導する作戦でしょう。理解はできたが、可能なら事前に相談してほしかったわ。騎士達も事情を知らないようだし、危険だもの。ケガ人がほとんど出なかったことが、唯一の救いね。

「お嬢様、トランクは？」

尋ねられて、はっとする。靴を脱ぐ際に倒れたトランクを探せば、少し離れた場所に落ちていた。蹴飛ばしてしまったようだ。サーラがすぐに拾い上げた。ついでに靴も拾って返されるが、残念ながら踵が折れている。

勢いよく殴ったから仕方ない。溜め息を吐いてまだ履いている右の靴も脱いだ。ダンスフロアにも使える広間は絨毯が敷かれていない。気遣ったサーラがハンカチを置いた。失礼するわね、あとで新品をお返しするわ。

「ありがとう、サーラ」

良かった。敵に奪われていたら、と思う。でも最初に逃げ出した数人を除き、ほぼ全員が倒れている。奪っても斬り倒されていそうだわ。

「立派な攻撃でしたわ、フロレンティーノ公爵令嬢様に幸あれ」

「本当に素敵でした。我が家でも見習います」

「護身術って役に立ちますのね。我が家も取り入れますわ」

周囲の若いご夫人やご令嬢が、わっと賞賛の声を上げた。

なんだか照れてしまうわ。そんな騒ぎの中、離れた場所でもじもじする数人のご令嬢が目立つ。ちらりと私を見ては目を逸らすから、悪意があるというより……過去の私に失礼な態度でも取った方々かしら。

私から歩み寄る気はないので、体の向きを変えた。目が合わないようにして、カリストお兄様の活躍を見守る。指揮を執る兄は、雄姿と呼ぶに相応しい活躍だった。筆頭公爵家の跡取りとして、面目躍如《めんもくやくじょ》だわ。

金茶の髪を無意識に捜し、目に入った途端、我に返って恥ずかしくなる。別に……その……違うわよ。ロザーリオを捜したわけじゃないの。心の中で自分に言い訳した。頬が赤くなってないといいけれど。

「賊は外へ放り出せ。ご夫人やご令嬢の中で気分が悪い方は、あちらへ」

手際よく加害者と被害者を振り分けていく。賊と見做した兵士は外へ投げ出され、死人は一時的に外へ放置。生きている者は拘束してどこかに隔離するみたい。

貴族女性は一角に集まり、無事を喜び合っていた。広間の奥では、各家の執事や侍女が気付けのホットワインを用意している。

一杯だけ頂いたけれど、スパイス入りでアルコールが飛ばしてある。子どもの頃に飲んだわ。懐かしくなった。念のために、サーラが毒見役を買って出た。申し訳ないけれどお願いする。見知らぬ飲み物は、やはり口をつけようとしたら怖いの。

サーラの頷きを確認して、美味しく頂いた。

温かい飲み物で、気持ちも落ち着いたようね。青ざめていたご令嬢達も顔色が戻ってきた。ご夫人達もそれぞれに顔見知りと会話を始める。私の隣にはエリサリデ侯爵夫人が付き添い、様々な夫人と無事を喜び合った。

「遅れてしまった、くそっ……」

荒い足取りで入ってきたのは、お父様だ。驚いて目を見開く私を見つけ、脇目も振らず人を掻き分けて近づいた。そのまま、無言で私の体を確認する。手や肩、首、頬……くるりと裏返して背中まで。立っているから足は無事だと思ったのね。

「無事で安心した、アリーチェ」

「お父様こそ！　おケガをなさったと聞いて……」

もう半回転して向き合い、お父様のケガを探す。どこかに包帯があるはず。見当たらないなら、胸や背中など見えない位置かもしれない。先ほどの元気な足音なら、きっと腰から上ね。ケガを探す私の所作に、お父様は言葉を遮って抱きしめた。

「ああ、心配させてすまん。ケガはこれだ」

腕に私を閉じ込めたまま、左手の指先を見せる。ケガなんてあるかしら？　目を細めてしまった私に、お父様は手の甲を見せた。切れているといえば……確かに、細い赤い筋があるような……??

「これは……？」

「後れをとって掠めた傷痕だ」

剣がこう……こんな感じで襲って、弾いたのだが当たった。身振り手振りで説明するお父様に、私は両手を突っ張って距離を取る。驚いた顔をするお父様の頬をぱちんと叩いた。

「本当に、本当に！　心配しましたのよ……っ」

涙が滲んで頬を伝う。ぐすっと音をさせて鼻を啜った。申し訳なさそうに大きな体を窄めた父は、涙を隠すように私を優しく包んだ。触れるかどうか、ぎりぎりの抱擁が腹立たしくて飛び込む。息を吸い込むと、服からは汗と血の臭いがした。

お父様は昔からそう。ご自分のことは後回しだ。幼い頃に転びそうになった私を助けた時だって……ぴたりと動きを止める。

昔から？　ええ、確かにそう感じたわ。それに子どもの頃のエピソードが浮かんでくるなんて、これは記憶が戻り始めているの？　視線を彷徨《さまよ》わせて固まった私に、お父様は心配そうに声をかけた。

「アリーチェ？　具合が悪いのか」

「あ、ええ。少し」

エリサリデ侯爵夫人が、椅子の並ぶ壁際を示した。

「あちらでお休みくださいな。公爵様もご一緒に」

「ああ、そうさせてもらおう」

並んで椅子に座り、私は話すべきか迷った。まだ確証はないのに喜ばせるのも気が引ける。何より、時々断片的に思い出すだけなのだ。さっきもホットワインの香りと味に記憶が刺激された。今も血の臭いに反応したのだろう。

嗅覚が刺激されるたびに思い出すなら、全部を思い出すのはかなり先だと思われた。もう少し……少なくとも夜会の記憶が戻るまで。何も言わないでおこう。

「お父様、他にもおケガをなさったのではありませんか？」

「いいや、嘘はつかんぞ。返り血を浴びたが、俺の身はこの傷だけだ」

お母様の名前に誓ってもいいと言い出し、私は信じた。ぐるぐると腕を回して力説する父がそう言うなら、疑う必要はない。たとえ嘘であったとしても、私を傷つけないための嘘だと思うから。

「ロベルティの女王陛下だが……」

「伯母様がおいでになると聞きましたわ」

「明日には到着なさるだろう。俺は……お前の判断に任せる」

記憶がないことを、言うも隠すも判断を委《ゆだ》ねる。当主であるお父様に責任はすべてかかるのに、そう言い切った。真っすぐ目を見て話すお父様に、覚悟を決めて頷いた。すべてを伯母様に話そう。私が現在持っている情報をすべて……。

「俺は明日の朝から動く。危険だから、カリストから離れるな」

「はい」

返事をした私の頭を優しく撫で、お父様は立ち上がった。この襲撃事件で、諸侯が戻っている。相談をするには最適だった。

お父様が席を立つなり、敬礼した騎士が護衛につく。ロザーリオも含めて三人、多いけれどこの状況では当然かもしれない。

「公爵令嬢様、お部屋を移動しましょう。こちらは殿方が会議にお使いになりますし……」

語尾を濁したエリサリデ侯爵夫人の視線が、死体や血の跡へ向けられた。外へ放り出す作業が追いついていない。目撃した女性の中には体調不良を訴える方もいる。移動するほうが良さそうね。

上位の貴族が動けば、下の者も従いやすい。

隠し通路がないと確認された客間をあてがわれ、分散していく。作戦で一ヶ所に集まったけれど、今となっては集団を維持しても格好の的だった。

トランクを手にしたサーラと一緒に、私も広間を出た。扉のところで振り返った先で、お父様がひらりと手を振る。お兄様は指揮をしており、まだ背を向けていた。軽く会釈をして退室した。

夜中の襲撃後に利用し始めた客間で、サーラと寛ぐ。侯爵夫人も自らの部屋に引き揚げた。

上位の貴族は騎士や護衛を多く連れてきている。そのため自室へ戻る女性が多かった。

サーラが扉を閉め、きっちり内鍵もかけるのを確認して……ベッドに腰掛けた。行儀は良くないけれど、疲れたわ。ごろりと寝転がり、サーラを手招きした。

部屋の確認やお茶の準備を終えた彼女を呼び、手を掴んで引っ張る。

「お嬢様？」

「お願い、一緒に休んで」

「まあ！　まるで赤子のようです」

大袈裟に驚いて私の手を解こうとしたが失敗し、サーラは結局隣に座った。頑《かたく》なに寝転がろうとはしないけれど。あなたの融通が利かないところも好きよ。

「伯母様が到着されるまでに、もう少し事実を把握しておきたいの」

トランクの日記帳を徹夜で読む決意を口にする。反対するかと思ったけれど、サーラは短くない時間の沈黙を経て……同意した。

「わかりました。ご一緒させていただきます」

「ありがとう」

起き上がり、すぐにトランクを開く。すでに読み終えたのは一冊のみ。二冊目は頭から順番に読んだ。伯母様の到着までに読みきりたい。

意気込んでも徹夜は無理で、途中で眠ってしまった。同室で過ごしたサーラが灯りを消したようだ。目が覚めると部屋は暗かった。

分厚いカーテンに遮られた窓の向こうは、すでに日が昇っている。細い朝日が隙間から差し込んだ。

サーラはまだ眠っている。ベッドの中で、読みかけの日記帳を手に取った。結局、最後まで目を通せなかった。

思ったより文字が細かいうえ、びっしりと書いてある。私、かなり几帳面だったみたい。今の自分とは別人のように感じながら、栞を抜き取る。これはサーラが挿してくれたのね。

「お嬢様？　おはようございます。失礼いたしました」

慌てて飛び起きようとする彼女の肩を押さえ、私は首を横に振った。

まだ早いわ。朝の準備はゆっくりしたらいいし、正直、眠いのも手伝ってこのまま横になりたいのが本音よ。でも隣国の女王陛下がいらっしゃるのに、まさかベッドで横たわってお迎えするわけにいかない。病人や重症者じゃないんですもの。

「ゆっくりでいいわ」

一礼して身を起こし、サーラは準備を始めた。

女王陛下にお会いするのに失礼がない格式の、けれど窮屈ではないドレスを数点選ぶ。どれもガーデン用の淡い色ばかりだ。選んだのは淡いオレンジ色、金髪の女性は印象がぼやけるから嫌がる色だった。

私の銀髪とは相性がいいし、何より誰かと色が被らないのがいい。

支度を終えたのを待っていたように、ノックされた。カリストお兄様だ。きちんと礼服を着込んでいるのは、伯母様の到着予定が確定したからね。

「伯母上はもうすぐ到着される。一緒に待とう」

思ったより早いわ。

出迎えのお誘いだった。離宮の敷地から離れることは、お父様に禁止されている。可能なら散歩も控えてほしいと言われた。けれど、さすがに伯母様をお迎えするにあたり、出迎えもしないのは失礼だ。

お兄様が一緒なら問題ない。

扉の外に立つ護衛達が軽く一礼した。私も会釈し、歩き出す。今日は護衛の顔ぶれが違った。交代制だから仕方ないけれど、少しだけ残念だ。

サーラはトランクを持って続き、私達は玄関ロビーに降り立った。噂を聞いたのか、何人かの貴族が集まっている。その中にエリサリデ侯爵夫妻の姿もあった。

「おはようございます」

優雅に挨拶を交わし、開いたままの玄関扉の先を見つめる。まだお姿はない。遅れずに済んだと胸を撫で下ろした。明るい日差しが照らす玄関アプローチの石畳は、白い石が使われている。反射して眩しいくらいだった。

きらりと何かが光った。遠くから馬車の音が聞こえる。伯母様かしら。期待した私の足は数歩前に出た。それを咎めるように、兄が前に立つ。

油断してはいけない。気を引き締めて、一つ深呼吸した。馬車の車輪の音は徐々に大きくなり、距離が近づくと蹄《ひづめ》の音も混じる。意識を前方へ集中する私は、後ろから肩を叩く手にびくりと身を竦めた。

「すまん、脅かしてしまった」

「お父様……おはようございます」

後ろには、サーラやエリサリデ侯爵夫妻がいる。護衛だっていたのだ。敵が後ろから襲ってくれば、彼女らが先に声を上げるわ。ここしばらく襲撃が続いたので、臆病になったみたい。

頬を緩めて、お父様の隣に並んだ。

「お父様、カフスが……」

取れそうです。そう続ける前に手を伸ばした。触れた袖のカフスボタンを直し、笑顔を添えた。

ほぼ同じ頃、馬車がアプローチの石畳を回る。さっと自分の身なりを確認し、サーラと頷き合った。大丈夫そうね。

停まった馬車から降りた女性は、肖像画のお母様によく似ている。でももっと厳しい表情で、怖そうな雰囲気だった。その硬い表情が、私達を見るなり解けていく。

「ようこそお越しくださいました。伯母様」

私はカーテシーを披露するも、すぐに歩み寄った女王陛下に遮られた。頬に触れた手は、手袋を外している。するりと撫でたあと、伯母様は「出迎えに感謝する」と礼を解くよう告げた。

「久しぶりだ、よく顔を見せておくれ。アリーチェ、どこぞ空いた部屋に案内せよ」

艶があり煌く金髪の美女は、赤紫の瞳をしていた。お母様の肖像画の赤い瞳を思い出して、安心した。

第五章　愚者は反省しない

手短に個人的な感情抜きで説明がなされた。

客間はクラリーチェ女王陛下と同行なさった方、フロレンティーノ公爵家だけで使用している。部外者は必要ないと判断したのはお父様だった。

夜会で婚約破棄され、父が抗議して監禁される。その夜のうちに私が毒殺されかけた。幸いすぐに蘇生したらしいけれど、二週間も寝込んだ。

婚約破棄の際に流された虚偽の噂は、お父様の抗議で訂正された。王家の名の下《もと》に発表されても、最初の噂のインパクトは大きい。王太子の婚約者が、不特定多数の異性と関係を持った……最初に広まった噂はまだ根強いと唸った。

体力が落ちた私は屋敷から出ず、その間にお兄様も含めて多くの人が手を尽くしてくれる。噂はほぼ下火になった頃、私は王妃様達の謝罪を受けた。

フロレンティーノ公爵家を始めとする多くの貴族が、国王派を離れて貴族派に属する。これで勢力図が一転した。

王政であっても、貴族の意向を無視してなんでも独断即決できるわけがない。お父様が仕事を辞めて混乱したあと、貴族派のいくつかの家が取り潰された。

これが貴族の怒りと危機感に火をつけた。

このままでは自分達が潰される。その前に国王を排除しろ、と機運が高まった。夜会では私を見捨てた貴族も、筆頭公爵家である我が家を無視できない。次期王と見做して擦り寄り、恩恵に与ろうと和解に動き出した。

ここで私の友人だったブエノ子爵令嬢リディアが襲撃される。国王派の攻撃と思われた。この事件が大きな引き金となり、貴族は証人の確保に動き出す。

王家やその周囲の取り巻きであった家に不利になる証言ができる者は、地位に関係なく保護対象となった。

アルベルダ伯爵令嬢イネスは我が家で保護される。その頃だった。国王が王太子への罰を発表する。王太子フリアンは謹慎のみ……誰も納得しない軽すぎる処罰だった。

日記帳が発見され、過去の私に対する乱暴で非礼極まりない振る舞いが露見する。同時に、アルベルダ伯爵令嬢の証言から、伯爵家に対し王太子の側近から横領疑惑をかけられたことが判明した。

すぐにお父様達が捜査に入り、王家の杜撰すぎる金銭管理の実態が明らかになる。

王家だけでなく、末端の文官や武官に至るまで。金額を問わず横領や賄賂が横行し、お父様達貴族派はこの情報を足掛かりに王家の切り崩しにかかった。

「ここまでで半分ほどですわ」

記憶をなくしたことを含め、起きた事件をできるだけ纏めて説明する。半分と言っても、まだ折り返しではない。私達が反撃に出る今が、ようやく折り返し地点なのだから。

「なぜもっと早くに助けを求めなかった？　私の可愛い姪のためなら、即座に軍を動かしたであろうに」

悲しそうにそう言われ、だからですよ……とは言えなかった。

伯母様が動けば、ロベルディという大国が動く。お祖父様が戦神のように領土を広げたロベルディ王国は、まだ落ち着いた状態ではなかった。領土が大きくなった分だけ、統治の苦労が増えた形だ。

もし先代王に続き、伯母様が戦を仕掛けたら……周囲の国が結託して、ロベルディを潰そうとする可能性もあった。力関係とは誰かが突出すると、それを叩こうとするものだから。

大陸の長い歴史ではよくある事例だ。そこまで危険を冒してほしくなかった。

「伯母様、私は彼らを殺したいのではありません。王女や女王の肩書きも要りません。己の仕出かした罪に相応の報いを与えたいだけですわ」

驚いたように目を見開き、伯母様は私の隣に座り直した。王の印章である黄金の指輪がある右手で、銀髪をゆっくり撫でる。

「アリーチェは欲がなさすぎる……確かに王族向きではないかもしれぬ」

伯母様の声は優しく、少しだけ懐かしむ響きを感じた。

促されるままに、私とお父様は補足し合いながら説明を続ける。

王太子は浮気していた。それも複数の令嬢と、だ。その中には、砂漠の国へ嫁いだリベジェス公爵家の元令嬢カサンドラもいたこと。彼女に王太子がティアラを贈った話で、伯母様は手にした扇をぺきりと折った。

気持ちは理解できますわ。私だって、家族を蔑ろにする対応には怒ります。

謝罪を装ってドゥラン侯爵家から届いた、手紙の毒の件には、お兄様がぎりりと奥歯を噛みしめた。歯が欠けるから、おやめになって。

ここからは離宮に移動して以降の話になる。

隠し通路を使って私の部屋に、意味ありげな赤い百合が置かれた。そう告げた途端、伯母様は眉根を寄せる。心当たりがあるのかしら。そういえば、お父様も同じように厳しい顔をなさっていた。

「伯母様、赤い百合の意味を教えてください」

「……マウリシオは説明しなかったのか。嫌な役を回しおって」

お父様を睨んで、女王らしからぬ表情を見せる。痛みを耐えるような……どこか悲しそうな顔に思えた。だから、もういいと遮ろうとしたのだ。それより早く伯母様は右手を挙げて私を制した。

「よい。赤い百合は……我が末妹アレッシアの紋章だ」

「お母様、の？」

「赤い瞳はこの国で不吉扱いだが、我がロベルディでは炎や命の象徴だ。私の色も赤紫だろう？」

「はい」

綺麗な透き通った赤紫は、お母様の肖像画のイメージに近い。ロベルディの王族は、赤に近い色の瞳を持って生まれる。それは国の象徴であり、誇りでもあった。鮮やかな赤い瞳に敬意を表し「炎の瞳」と呼ぶほど。

炎の瞳を貶《けな》したフェリノスの現国王は、ロベルディの民に憎まれている。「炎の瞳の王女」を泣かせた行為は、ブロンディの崇める宗教を冒涜するに等しかった。

「お待ちください。あの話は民に広まっているのですか？」

お父様が慌てて口を挟む。一目惚れしたお父様が無理を言って婚約者変更した、そう取り繕ったと聞いている。

伯母様は明るくからりと笑い飛ばした。

「なぜ我らが、小国の面子《メンツ》を保ってやらねばならぬのだ。即日バラしてやった！　国中、どこへ行っても知らぬ者はいないだろう。今回の騒動も同じよ」

王族として秘するべき情報は呑み込む。だが王家は赤い瞳を恥じていない。これは民も同様だった。ゆえに国の象徴である炎の瞳を認めぬ隣国の話は、あっという間に広まってしまう。

幼子すら知っていると言われ、お父様は呻いた。

唯一幸いなのが、フロレンティーノ公爵家が、アレッシア王女を救ったと伝わっている点だった。加えて、今回の婚約破棄や暗殺未遂も国内に広まり、私に対する同情が街を賑わしている、なんて。

「婚約破棄、毒殺未遂、どちらもロベルディへの宣戦布告に等しい」

伯母様は、にやりと笑った。綺麗なお顔なので、余計に怖い。実際に権力や軍事力も持っているので、さらに恐ろしさが増した。

「他に何かあったか？　百合で終わりか」

「いいえ」

ここで口を濁す気はない。この国の国王と王太子、その一派がどうなろうと……淑女の笑みを絶やさず見ていることができる。これは彼らへの当然の報いなのだ。

お母様と私、二代にわたって無礼を働いたツケですもの。

お父様のお部屋を借りたら、暗殺されそうになったこと。どうやら父が狙われている話に続けて、この離宮を襲った近衛兵の行動もすべて話した。

「それでもマウリシオは王になりたくない。カリストやアリーチェも同じか？」

口を揃えて同意すれば、伯母様はぽんと手を叩いた。膝に放り出した扇が転げ落ちる。それを踏んで立ち上がり、伯母様はロベルディの女王の仮面を被った。

「ならば、この国は我がロベルディに吸収しよう。なに……貴族階級をそのまま維持し、領地も安泰とする。我が義弟と甥や姪の敵でなければ、な」

きょとんとしたあと、噛みしめて理解する。誰も王位に就きたくない国を属領として統治してもらう。悪くないかもしれないわ。

伯母様は、私と同じ部屋で休むと言い出した。

「ですが、伯母様は大国ロベルディの女王陛下ですわ」

「それ以前に、アリーチェの伯母だ。姪と同じ部屋でなんの不都合があろうか」

引き下がらない伯母様をどうにかしてもらおうと、側近として随行した宰相補佐の方にお願いしたものの……無理です、と笑顔で断られてしまった。

「良いであろう？　どうせ数日しか滞在できぬのだ。久しぶりに顔を合わせた姪と過ごしたい」

願うように告げる声に嘘は感じられず、私はくすくすと笑って受け入れる。もっと怖い人を想像していた。周辺諸国を併合したお祖父様が、婿には継がせぬと言い切った女傑。そう伝わっていたんですもの。

お風呂を出て、すぐにベッドで日記の続きに目を通した。

二冊目の半分は、学院へ通う前だ。家族で過ごす時間がなくて寂しい、行儀見習いの先生と合わない、など。愚痴が書き連ねられていた。

サーラによれば、これだけ愚痴があるなんて、想像できなかったらしい。表面上はお嬢様として取り繕っていたのね。

ぱらぱらと読み飛ばし、ようやく入学の記述を見つけた。二年近く前の日付だ。入学当初は、慣れるのに夢中で婚約者との接触はなかった。通い始めてすぐの頃をさらりと読み流す。

「何を読んでいる？」

「私の日記帳です」

記憶がないことを受け入れてくれた伯母様に、隠しごとはいらない。

まだ湿った髪をタオルで包んだ伯母様の後ろで、サーラが丁寧に乾かし始めた。タオルで挟んで何度も水気を吸い取る。

「自分の日記であっても、他人の記録のように感じるのか？　記憶が刺激されないか？」

記憶が戻ってほしいのか、伯母様は質問をぶつける。そのたびに一つずつ丁寧に返した。他人のように感じるが、記憶はまだ戻らない、と。

「まあ、お淑《しと》やかなそなたも悪くないが、今のようにハキハキと意見を出すアリーチェも好きだぞ」

「伯母様ったら」

笑いながら、日記帳に栞を挟んだ。

そういえば、伯母様はなぜ男性口調なのか。やや上からの話し方も似合っているけれど……素直に尋ねると、目を細めたあと乾いた髪のひと房を指に絡めた。

「私は男に生まれたかった。女王だからと舐められることもなく、好きなだけ剣術に打ち込むことも許されたはずだ。この身が女に生まれたことを口惜しく思った」

すべて過去形だ。どこかで意識の転換があったのかしら。

「だがな、アレッシアが私に告げたのだ。剣を振り回していても、優しく妹をあやしていても、自慢の姉だと。王様になって自分を守ってくれる、自慢の兄でもあると」

優しい笑みで目を閉じる伯母様は、記憶の中でその頃のお母様と会っているのだろう。記憶がなくても不便じゃないと思ったけれど、やはりそうでもないわ。年齢を重ねたら、絶対に幼い頃の記憶が大切な財産になる。

思い出せるように足掻こうと決めた。それと同時に、私は自分を大切にして生きていく。お母様がくださった命だもの。途中で誰かに絶たれるなんて許せないわ。

最後まで必死に頑張って、胸を張ってお母様のお迎えに笑えるように。

「伯母様は、本当にお母様が好きなのですね」

「クラリーチェだ」

お名前を呼ぶ許可をいただく。名誉なことだわ。でも……響きがどこか私に似ていた。

「私のアリーチェは、伯母様のお名前から借りたのかしら」

「アレッシアのことだ、そうであろうな」

では、私の名前はフィリノス風ではなくロベルディの発音なのね。嬉しくなった。

お母様の紋章である赤い百合を置いていった人は、もしかしたら……敵でなかったのかも。

ふとそんな考えが浮かんだ。何かを伝えようと、お母様を思い起こさせる花を置いた。

私の記憶が失われていなければ、何か気づけたかもしれない。

クラリーチェ女王陛下は、明日……我が国の国王と対面なさる。どんな妨害があるとしても、私は同行すると決めた。

彼らはやりすぎたのだから。遠慮や配慮の必要を微塵《みじん》も感じなかった。

ベッドに並んで横になり、眠ってしまうまで……様々な話をする。どうでもいい日常のこと、それから伯母様の恋愛遍歴。気になる者はいないのかと話を振られた私は、扉のほうへちらりと目を向けてしまう。

「気になる者がいるようだな」

「恋愛なんて、今は不要ですわ」

「だが気になるのなら、その気持ちは大切にするといい。恋に破れても叶っても、無駄にはならないからな」

大人の余裕でしょうか。伯母様の言葉は、胸にすとんと落ち着きました。好きになってもいいと肯定されて、涙が滲んでくる。これは恋心？　それとも、伯母様にお母様の面影を求めた結果かしら。

幼子が母親に抱かれるような安心感に包まれ、眠りの中に落ちていく。今夜は夢でお母様に会えそうな気がした。

王宮の謁見の間に入ってすぐ、伯母様は大きく溜め息を吐いた。

理由は一目瞭然、そのまま壇上の国王を見上げる。表敬訪問で隣国の王族が訪問したなら、これで構わない。代わりに伯母様も、頭を下げる類の挨拶はしないのだから。

でも……現在の状況を考えれば、最悪の態度だった。

一番下、同じ高さまで下りて玉座を背に話をすべき立場なのよ。国力差が数倍の大国の女王が訪れた。その理由が、身内である姪を殺されかけたため。これだけで玉座に座る資格はないわ。

自分から歩み寄る姿勢を見せなければ、いつ滅ぼされてもおかしくない。

この立場の違いを理解できないから、過去にお母様を罵るような無礼を働くことができた。王太子フリアンも父親を真似て育ったのね。今の私にとって知らない人ですが、予想が外れることはないでしょう。

「よく来た、ロベルディの女王よ」

陛下が抜けているわ。細かいところだけど、女性だからと見下したなら間違いだった。最悪の対応に、斜め後ろに立つ私は伯母様の背中を見つめる。心配するとしたら、彼らの未来のほうだもの。今後国が吸収された時、今日の振る舞いで扱いの変わる可能性はある。

「……マウリシオ、玉座で猿が喚《わめ》いておる。不愉快ゆえ、引きずり下ろせ」

「女王陛下、あれでも一応……国王にございます」

お父様ったら、いくら尊敬できなくても敬称が抜けてるわ。まあ、同じ立場なら私もつけなかった。真っ赤な顔で怒っているけれど、自分の無礼に気づいていないのが逆に驚きよ。

伯母様の言い方で笑いそうになった私は、顔を背けて肩をぷるぷると震わせた。

玉座がある謁見の間は、王宮内で一番格式が高い部屋だ。まさか大笑いするわけにいかない。

お腹の筋肉を酷使して頑張った。

後ろの護衛も震えているし、伯母様の側近に至っては表情を取り繕うこともない。

「あれで国王と申すか？　フェリノスは随分と野性的なのだな。我が親族を殺しかけたくせに、まだ王を名乗る気でおるわ」

ふっと笑って言い切った伯母様は、持っていた扇を閉じたまま振った。後ろに従う護衛の騎士が動く。同時に、室内に配置されていたフェリノスの騎士が警戒の色を強めた。

「抜剣許可はいるか？」

「いいえ。この程度、制圧に時間はかけません」

伯母様の前で一礼したのは、マントをつけた騎士だった。伯母様の専属護衛騎士で、若い頃からご一緒だったと聞く。彼が目配せした途端、騎士達は跳躍する。

重い装備をつけたまま、数人が一気に壇上へ飛んだ。慌てたフェリノス側が剣を抜く。伯母様の口元に笑みが浮かんだ。

ああ、なんて愚かなの。こちらが先に抜いてしまったら、他国の王族を傷つける気があったと言われても、否定できないのよ。そもそも主君の許可なく剣を抜くなんて……。

謁見の間の権威をなんだと思っているのかしら。

この国の限界を見たわ。ロベルディの属国になったほうが、この国の民にとっては幸せでしょうね。義務も権威も理解しない王族なんて、害しかもたらさない。

「野蛮で無礼な猿を捕らえました」

壇上の騎士の報告に、伯母様は扇を広げて「ご苦労であった」と労う。国王の首元に剣の鞘が当てられ、わずかに柄《つか》を引けば切れる状態だった。

「女王陛下、いささか乱暴な気がしますが？」

「何を言うか、そなたらが調査だの証拠の確保だの、無駄な時間を費やすからだ。我が姪は『炎の瞳』を受け継ぐ、大国ロベルディの王族である。愛する家族を傷つけられ、黙っている君主なら……この首が落とされるわ」

はっはっはと豪快に笑った伯母様は、淡々と命じた。

「この猿とその息子を牢へ入れよ。本日この時刻を以《もっ》て、フェリノス王国は我がロベルディに併合する」

玉座から引き摺り下ろされ喚くフェリノス国王を尻目に、伯母様は玉座の前に立った。けれど、玉座をじっくり眺めたあとで首を横に振る。

「この玉座に私が座ることはない。他の椅子を用意しろ」

第六章　断罪の始まり

伯母様のやり方は強引だ。他国の王族による越権行為、内政干渉である。厳しい批判が出るかと思ったけれど、貴族派は大喝采だった。

調査の妨害ばかりする国王派も、頂点の王がいなければ黙るしかない。国を乗っ取られ、罪人とされた王を担いだところで、文官武官を問わず誰も従わなかった。

あれほど時間がかかったのが嘘のように、横領の証拠が積み上がる。それ以外の悪事も次々と明らかになり、あまりの惨状にお父様達は頭を抱えて呻いた。政に詳しくない私でも絶句する有様だった。

「マウリシオ、政は他の公爵家に任せよ。もっと重要な事件の解決が待っておるぞ」

伯母様は優先順位の変更を主張する。身内である私を国より優先する、と聞こえた。でも実際は違う。国の頂点に立つ王と次代王になる王太子の暴挙、その取り巻きや側近が起こした事件。すべては彼らの思い上がりから来ている。

王族がルールを無視すれば、下の貴族も上を見て倣うだろう。貴族や民の模範となるべき法の番人が、無法を宣言したも同然だった。ならば腐った建物の土台から手を入れるべきだ。これが伯母様のやり方なのだ。

伯母様の騎士達が動いた瞬間、私は護衛の陰に匿われた。無事を確認した伯母様の優しい目が、意味ありげに細まる。金茶の髪を持つロザーリオと私を交互に見て、口元を緩めた。伯母様ったら、内緒にしてと頼んだのに。これではバレてしまうわ。

無表情を装いながら、私は焦りを隠した。エリサリデ侯爵やオリバレス公爵に調査の現場指揮を任せ、お父様はこちらへ合流する。

伯母様の興味を逸らさなくては。見回した謁見の間の状況を利用しましょうか。

「伯母様、よくこれだけの騎士で制圧できましたね」

謁見の間に連れてきた騎士は、両手で足りるほど。王が己の命を捨てても国を守る男でなかったのも影響したが、国取りは大軍を率いて行うのでは？

疑問混じりの呟きに、女王陛下らしい自信を滲ませた声で返答があった。わかっているぞ、と目で語るのはおやめになって。

「戦いは頭を潰せば終わる。ゆえに、私が取られれば負けだ。それだけの覚悟を決めた我が騎士達と、そこで棒のように突っ立っていた役立たずの騎士を同列に考えてはならぬぞ。我が国はつい数年前まで戦をしていたのだからな。それから……クラリーチェと呼べ」

「はい、クラリーチェ伯母様」

「長いな、リチェでは愛称が被るか」

うーんと扇を揺らして考える伯母様に「クラリーチェ様」と呼ぶ提案をする。嬉しそうに笑ってすぐに許可をくれた。

「夫以外でそのように呼ぶのは、アリーチェの特権だな」

「まぁ」

随分とすごい権利を手に入れてしまった。お母様が女王陛下と良い姉妹関係を築いてくれたお陰だわ。ありがたく思う。

いずれ、クラリーチェ様からも嫁ぐ前の母の話を聞いてみたかった。きっとサーラやお父様が知る母とは違う一面を教えてくれるはず。お転婆で気が強くて、でもクラリーチェ様にとって可愛い妹だったと思うから。

「さて、私の可愛い姪を殺そうとした愚か者共の首を、検分するとしようか」

ぱちんと扇を開いて閉じ、クラリーチェ様は口角を持ち上げる。

「女王陛下、まだ首は落としておりませんが？」

「おお、そうだった。では並べて言い訳を聞くとしよう。連れて参れ」

ロベルディの騎士は十名ほどだったが、フェリノス王国の貴族家所属の騎士達が協力した。わずか数時間で、関係者の拘束が終わる。突然の国取りに、逃げ出せた者はいない。

証拠隠滅を警戒するオリバレス公爵家が、脱走者に目を光らせていた。そのため、ほぼ全員が居場所を把握されていたのだ。

謁見の間の玉座は倒され、そのまま放置。代わりに置かれたのは、長椅子だった。

クラリーチェ様の命令で、私は女王陛下の隣に腰掛けている。猿轡《さるぐつわ》をされ縛り上げた数人を、我がフロレンティーノ公爵家の騎士が引き摺って入場した。

「そこの騎士、我が姪の護衛につけ」

伯母様はロザーリオに命じ、私の後ろに呼び寄せた。万が一にも危険な目に遭わせないと示され、深い愛情を感じる。敬礼して斜め後ろに控えるロザーリオの存在が、とても頼もしく思えた。

捕獲された罪人は引き摺られ、階段下で膝をつく姿勢で押さえつけられる。

挨拶と丁寧な礼を行う騎士に、さっと扇が振られた。クラリーチェ様の斜め後ろに立つ専属護衛騎士のフェルナン卿が、顔を上げるよう命じる。

ぐいと顔を上げさせられたのは、三人の青年。猿轡で顔の半分は見えないものの、それなりに整った顔立ちだとわかる。

上位貴族は美しい妻を迎えて、遺伝で凝縮された美を持つ。彼らもその類だった。

記憶のない私は初対面だが、彼らの名前は知っている。貴族名鑑で覚えた名が浮かんだ。睨んで何か喚くものの、彼らの声は届かない。

聞こえても、どうせ悪口でしょうね。

長椅子にクラリーチェ様と並んで座る私から見て、右側の一段下がった位置にお父様が立つ。臨時宰相を仰せつかったお父様は、渋い顔をしていた。不満が全身から滲む。

「女王陛下の御前《おんまえ》である。静かにいたせ」

お父様の命令に、騎士が即座に応じる。

ぐっと喉を絞め、意識が落ちる寸前で緩めた。肩で息をする三人は、もう睨みつける余裕もない。殺されると思ったのか、ガタガタと震え始めた。

並べた三人をじっくり観察する。向かって右側から、金髪、赤毛、黒髪だった。

金髪は先代王の弟殿下の息子で、王太子の従兄弟にあたる。一つ年上で、王太子そっくりの青い瞳に不快感が増した。

名前は確か……ライモンド・フェリノス。王太子以外、王女パストラ様しかいないので、王位継承権二位を持っている。

赤毛の彼は筋肉でゴツゴツした体を、騎士に押し潰されていた。相当暴れたようね。

騎士団長の甥で、ペリーニ伯爵家の次男マルコだ。王太子について歩く姿を見た程度で、面識があるとは言いづらい。体力はあるが頭が弱い、と揶揄《からか》う話を聞いたことがある。

三人の中で、一番腕力が強いのは赤毛のペリーニ伯爵令息だ。毒を飲ませる時に私を押さえつけたのは、彼の可能性が高かった。

騎士以前に紳士たる資格がないわ。武器も持たない令嬢を、無理やり押さえつけるなんて。それに私のほうが親の爵位も立場も上なのよ？　王太子の婚約破棄があっても、公爵令嬢なのだから。

むっとして表情が動いたのを、クラリーチェ様は見逃さなかった。

「中央の赤毛か？　あれが気になるなら、それ」

扇で指し示すクラリーチェ様の仕草に、斜め後ろの騎士フェルナン卿は恭《うやうや》しく一礼した。

彼の命令で、赤毛の伯爵令息の猿轡が外される。いえ、勘当されて元伯爵令息になったのね。こそりと教えてくれたクラリーチェ様は、扇の陰で楽しそうに唇をにぃと横に引いた。

猿轡が外れるなり、マルコは騒ぎ出した。もう伯爵令息ではない以上、家名で呼ぶのは失礼だろう。

主に残された親族に対しての配慮よ。平民なら、個人名だけが一般的だもの。でも直接呼ぶのは避けましょう。親しいみたいで気分が悪い。

「俺は悪くないっ！　命じられただけだ。何も知らなかった。許してくれ、なんでも話すぞ」

捲し立てるマルコに、フェルナン卿が溜め息を吐く。合図を受けた騎士が、口を塞ぎ直した。たぶん……大した事情を知らないわね。右から説明されて、左側に落としてくるタイプだ。クラリーチェ様は苦笑いして、ひらりと手を振った。

ぎょっとした顔で、マルコを凝視したのは黒髪のセルジョだ。コスタ侯爵家の嫡子だった。過去形なのは、彼も廃嫡されたから。お父上は財務関係の補佐官をしており、貴族派に属している。すでに我が家へ正式な謝罪をしたと聞いた。

余計なことを話されるとマズイと考えたのか、彼はもごもごと口を動かして呻き声を出す。しかし、マルコは聞いていない。コスタ侯爵家から追放されたセルジョも、名前呼びしかないわね。よく見れば、黒髪というより焦げ茶色かしら。

「我が姪アリーチェに毒を飲ませた経緯、誰に聞くのが良いか……正直に話せば、多少は刑を軽くしてやろう」

クラリーチェ様が「刑を軽く」と言った途端、全員が「うー！」と声を絞り出した。

誰から聞いても碌な言い訳が出てこない。そう気づいたけれど、伯母様の好きにしてもらおう。

ロベルディほどの大国を治める伯母様が、甘い人なわけはなかった。女性というだけで舐められ、吸収したばかりの国々を抑えつけ、こうして私の隣にいる。彼女は実力者であり、権力を持つ最高の味方だ。

「では、まず……金髪から話すが良い」

全員を一斉に解放したら聞き取れないから、一人ずつ聴取する。けれど、全員がいる場所なので、自分に有利な話を始めるでしょう。それを次の人が否定する。その矛盾すら楽しむ気のクラリーチェ様は、私の銀髪の先を指で弄りながら笑った。

フェリノス王国、王位継承権二位のライモンドは見た目だけは王子様だった。金髪碧眼、整った顔立ち、ほっそりした体躯。着飾ればそれなりに見えるでしょう。

王太子の従兄弟に当たる彼は、どちらかといえば頭脳派か。赤毛の筋肉男やゴマすり上手な焦げ茶頭より、賢そうな外見だ。もちろん、外見が内面を保証することはない。

猿轡が外れるなり、ライモンドは持論を並べ立てた。

「私は王太子殿下の側近であり、その命令に従うのが仕事だ。アリー……いや、失礼。フロレンティーノ公爵令嬢に毒を飲ませる計画など、まったく知らなかった。あれは気分を落ち着かせるお茶だと聞いたんだ。だから私は悪くない」

きょとんとしてしまった。私の名を呼び捨てようとしたところは、クラリーチェ様のひと睨みで言い直される。どの発言も、驚きと呆れで意味が理解できなかった。ゆっくり噛み砕いて理解する。

そもそも第二王子に等しい立場のライモンドが、王太子の側近に収まっているのがおかしいわ。王位を争えとは言わないけれど、なんでも頷くお人形になっていい立場ではない。

王太子が資質に欠けると判断された場合、自らトップに立つべき人なのよ？

毒ではなく落ち着かせるためのお茶……それは目の前に置いて飲むよう促すのが普通だ。私の知る状況では、彼らは私を押さえつけて、無理やり口へ流し込もうとした。たとえ鎮静効果があるお茶でも、そんな飲み方したら逆効果になるわ。

本当に毒だと知らなくても、飲ませた以上「知らなかった」は通らないのが貴族社会だった。民を導く地位の恩恵を享受したくせに、責任や義務から逃れようとするのはあり得ない。

あまりのお粗末さに、動きが止まってしまった。

ぎしっ、不吉な音がする。何かが軋む音に、クラリーチェ様を見上げた。女王陛下の手にある扇がやや歪んでいる。折れてしまいそう。すでに一本折っているのよ。

フェルナン卿が気遣う視線を向け、クラリーチェ様は一つ深呼吸を行う。気持ちを落ち着けようとし、失敗した様子で舌打ちした。

「もう良い、次」

クラリーチェ様の声はやや低めだった。怒りを抑えているのか、扇はさらに軋んだ音を立てる。ライモンドの口は塞がれた。

続いて、赤毛のマルコだ。元ペリーニ伯爵令息で、騎士団長の甥でもある。筋肉に覆われた大柄な体は、彼より細い本物の騎士に押さえつけられていた。筋肉よりコツや技術のほうが役に立つ良い例ね。暴れたため床に押し付けたまま、猿轡だけを外される。やや苦しそうに息をしたあと、彼も一気に捲し立てた。

「俺は騎士だ、だから主君の命に従った。悪女を懲らしめ、彼女に謝罪させればいいと聞いたんだ。それを信じただけで、俺は公爵令嬢を殺そうとしていない。命令通り、お茶を飲ませる手伝いをしただけだ。それだって俺はお茶に手を触れていないぞ‼」

ここで見かねたフェルナン卿の合図で、また口が塞がれた。

隣で肘が触れる伯母様の手は、ぶるぶると震える。怒りで頬に赤みの差したクラリーチェ様は、大きく嘆息した。その呼吸すら揺れている。私以上に怒りを露わにするのは、記憶がない私の代わりかしら。

酷い話を聞きながらも、記憶がない私は他人事のように聞き流してしまう。逆にクラリーチェ様のほうが、感情を露わにした。

後ろでぎりっと奥歯を噛みしめる音がして、こっそり振り返る。ロザーリオの表情が、怒りで凄いことになっているわ。それを見て嬉しいと思うなんて、私ったら壊れているのね。

手を伸ばして、クラリーチェ様の拳に触れた。扇を握りすぎて指を痛めないか、心配になったの。周囲が先に怒りを表してくれるから、私は落ち着いていられる。

クラリーチェ様は、はっとしたように目を見開き、すぐに表情を取り繕った。この辺は、さすが女王陛下ね。

「最後の言い訳を聞いてやろう」

フェルナン卿が頷き、黒に近い焦げ茶の髪を持つセルジョの口が解放される。彼は他の二人より落ち着いた口調で語り出した。

内容は大差ないけれど、前の二人が酷かった分だけ理知的に見える。嫌なタイプだわ。計算高くて汚く感じた。

「僕は……命令に従った。貴族なら王族の命令に従うのは普通だろう？　毒を飲ませるのではなく、薬と聞いたんだ。リベジェス公爵令嬢が持ってきた薬を疑うなんて……」

途中なのに、クラリーチェ様は扇を振って遮った。

リベジェス公爵令嬢は五歳、ならばセルジョが口にしたご令嬢は、カサンドラだわ。なぜ彼女がここで出てくるの？　他国へ嫁いで、その国の王を篭絡しようとして失敗した。跡を継いだ新王に砂漠へ捨てられた時点で、我が国の貴族ではない。

彼女が直接絡んでいたのなら、王太子はずっと浮気し続けていた。夜会で伴った伯爵令嬢だけではなく、元公爵令嬢であり他国の側妃になった女性と……。

ぞっとする。婚約者だった王太子が、結婚前から別の女性といかがわしい関係にあった。捨てられた彼女を拾って匿っていた？

「気持ち悪いわ」

そんな男と結婚する予定だったなんて、ぞっとするわ。

「女狐《めぎつね》が絡んでおったか。あれの噂はロベルディにも伝わっておる」

砂漠の国アルバーニと親交の深いロベルディは、王家を揺るがしたお家騒動の情報を知っていた。老齢の王を誑かした女狐が、己の姪の婚約者も落とした。そう聞けば気分は良くない。

「フェルナン、女狐も捕らえておけ」

「承知いたしました」

一礼する護衛騎士の指揮で、騎士達が動き出す。我がフロレンティーノ公爵家から合流した騎士も、さっと敬礼して従った。

丁寧に深く礼をするロザーリオは、私の後ろで同僚を見送った。黒髪の騎士にも見覚えがあった。少し考えて思い出す。あの日は軽装の革鎧で、二人は鎧ではなかったわ。

初めて部屋の外の廊下を歩いて、力尽きてしまった日。立てない私に手を差し伸べてくれたのに、恐怖から気を失った。あのあと、私を運んだのがロザーリオだと聞いている。黒髪の同僚騎士も一緒だった。

申し訳なさそうな彼らの姿が、まるで叱られた犬のようだったと。サーラに聞いて、いつかお礼を言いたいと思っていたの。また機会を逃してしまった。

クラリーチェ様の気遣う視線に頷き、私は正面を向く。顔を上げて、今は断罪の時なのだから。彼らに正当な裁きで罰を与え、反省させなくては。

「さて、話を纏めるとしようか」

三人の話の共通点は、「命じられたから従った」の部分だ。「毒を飲ませるなんて知らなかった」、ここも共通ね。

ただ、毒ではないの主張には……不自然な相違点がある。お茶だと聞いたライモンドとマルコに対し、セルジョだけが薬と表現した。

瓶を受け取ったのはセルジョらしい。他の二人からカサンドラの話は出なかった。全員が正直に白状したと仮定すれば、こうなる。

カサンドラの持ってきた毒を「薬」と認識したセルジョが受け取り、マルコが抵抗する私を押さえつけた。それなら、ライモンドが流し込んだの？

要点を纏めた私に、クラリーチェ様は悲しそうな目を向ける。不思議と同情は心地よかった。本心からの心配とわかるから、伯母様の感情は私を落ち着かせてくれる。

他人事のように語る私を、可哀想と憐れむのね。記憶がないから、すべて実感が湧かない。いつか傷に耐えきれなくなるのでは……と心配されてしまう。

以前の私も、こんなに感情を凍らせていたのかしら。

「アリーチェ、席を外したほうが良いかもしれぬ」

「いいえ。私は目を背けたりいたしません」

処刑を言い渡し実行する間、離れていたほうがいいのではないか？　クラリーチェ様の気遣いは嬉しいが、頷く気はなかった。

被害者である私は、加害者へ正当な権利の執行と義務の履行を求める。ここで目を伏せて逃げれば、一生後悔するわ。

「よかろう、さすがはロベルディの血筋よ」

場に似合わぬ朗らかな笑い声を立てる伯母様は、やや歪んだ扇で三人を指示した。

「全員に服毒を命じる……もちろん、それで終わりはせぬ。安心いたせ」

毒などで殺してはやらん。そう聞こえた気がする。

フェルナン卿がいくつか候補を出し、クラリーチェ様は三種類を選び出した。毒の種類は詳しくないけれど、選ばれなかった一つは聞き覚えがある。王族が最後の品位を守る自害のため、持ち歩く毒だ。王子妃教育で覚えたその薬を、伯母様は使わなかった。

即死はさせないという、強い意思を感じる。選ばれた三種類のどれも、私は聞いたことがない。一般的な自害には、お茶ではなくワインが混ぜられた。味や匂いが気にならないことに加え、お酒は毒の周りが早まるからだ。

早く確実に死ぬため、毒による自害は刑罰の中でも温情の一つだった。名誉を守って貴族として死ねる。

だとしたら紅茶に混ぜて飲ませようとしたのは、毒殺を誤魔化す目的があったように思われた。貴族ゆえに毒による自害はワインと先入観が働き、わざと紅茶にしてミスリードを狙った？　それはそれで、失敗だと思う。紅茶で自殺なんて不自然だもの。

生き残れた理由の一つは、もしかしたら紅茶にあるのかも。毒の周りがワインほど早くないうえに、お父様が飛び込んで中断されたから。それなら、紅茶であったことに感謝すべきかしら。

白ワインが一つ、赤ワインが二つ。グラスはすぐに用意された。怯える彼らの前で、淡々と準備が進む。この場ですぐ実行するみたいね。

「お嬢様、爪で傷つきます」

ロザーリオに注意され、手のひらに食い込むほど握りしめていたことに気づいた。深呼吸して指の力を緩めれば、手のひらに三日月の赤い傷が並ぶ。控えていたサーラが、ハンカチを巻いた。これ以上傷つけないためね。お気をつけくださいと叱られてしまった。

ワインはグラスに三割ほど、慎重に計算した少量の毒が溶かされた。

毒の用意をする間に、事情説明と処刑について知らされたらしい。貴族派が集まってきた。女性は少なく、当主や跡取りなど男性が目立つ。処刑があるならと妻や娘を同席させない人が多いのだろう。

お父様は私の顔色に驚いた表情を見せ、心配そうに声をかけた。

「気分や体調は平気か？　少し顔色が青いぞ」

「平気ですわ。クラリーチェ様も気遣ってくださったけれど、私はすべてを知りたい・・・・のです」

過去に起きた事実も、心の中で失われた真実も、これから起きる出来事すべても。強欲な自分に苦笑いが浮かんだ。

私の表情を悲しいと感じたのか、お父様は柔らかな声で同意をくれた。

「アリーチェが望むのなら、なんでも構わん」

すべて差し出そう。そう聞こえた気がした。

クラリーチェ様は扇を広げようとして、みしっと軋んだ音を立てた扇を後ろへ渡す。咄嗟にサーラが受け取り、フェルナン卿に渡した。すぐに新しい扇が返ってくる。それを広げて、伯母様は口元を隠した。

「そなたは愛情表現が下手だ。アレッシアの時も注意したであろう。もっと娘を大切にせよ」

「心に留め置きます」

「留め置いて実行しなかったから、こうなったのだ。反省いたせ」

お父様はそれ以上何も言わず、ただ深く頭を下げた。お母様の時にも注意したのなら、お父様は口下手なのかも。態度ではそれなりに表してくれた気がする。でも過去の記憶が戻らない私は判断できないから、態度も冷たかった可能性があるわ。

不器用な人なのだということは、よく理解できた。

「一番罪が重い者から飲ませるとしよう」

クラリーチェ様は、ふむと考え込んだ。

意見を聞かれて、父は「押さえつけた者」が一番罪は重いと答える。フェルナン卿は「毒を受け取った者」を挙げた。私はまったく違う意見だ。「口に直接毒を流し入れた者」と口にした。

広げていた扇をぱちんと閉じて、女王陛下はにっこりと笑う。その無邪気な表情と裏腹に、吐き出された言葉は鋭かった。

「被害者であるアリーチェの意見が優先される。毒を直接口に流した……ライモンドだったか？　毒杯を空けよ」

うー！　一斉に抗議の声を上げた三人を、騎士達が体重をかけて押さえ込む。そのうちのライモンドだけ、猿轡が外された。飲ませるなら必要よね。

ガタガタ震えながら命乞いを始める。その言葉や表情、顔を濡らす涙さえ……何一つ私の心に響かなかった。

だって、同じことを私にしたのよ？　これは再現なの。自分がされて嫌なことは、誰かにしてはいけない。平民の子どもだって知っているルールだわ。

「お嬢様、気分が悪くなられたら目を逸らしてください」

「ええ」

ロザーリオの注意に頷き、サーラが手のひらに巻いてくれたハンカチを握りしめる。

「い、嫌だ……死にたくないっ！　嫌だ、やめ……」

騎士が両側から腕を掴み、もう一人が顎を固定する。二人がかりで態勢を整えたところへ、フェルナン卿が歩み寄った。侍従が恭しく差し出したワインのうち、白を選んで口元へ運ぶ。顎を開かせようとする力に逆らい、彼は必死で口を引き結ぶ。

横に引かれた唇に、フェルナン卿は肩をすくめた。

「陛下、少しばかり傷つけても？」

「構わぬ」

答えと同時に、彼は短剣を抜いた。その切っ先を突きつける。観客に徹していた貴族からも、悲鳴が上がった。

遠慮なく口の端に入れた刃が横に引かれた。周囲は殿方ばかりだが、咄嗟に目を逸らした者は何人か現れる。しかし令嬢や夫人がほぼいないため、甲高い悲鳴は上がらなかった。痛みに叫んだライモンドの声が一番うるさい。

切ったと言っても、口の端をやや掠めた程度だ。血は流れたけれど、顔をぶつけた鼻血のほうが多いくらい。大したケガではなかった。本人は殺されると大騒ぎしたが、冷静になった貴族達からは「呆れた」と呟きが漏れる。

彼らの自白はすでに耳にしているようで、断罪の場で見苦しく足掻く姿に幻滅したらしい。仮にも、これが王位継承権二位だったのだ。今回の騒動で王太子が失脚したら、ライモンドが王になる……そう考えたら、無理だと眉を顰める者のほうが多かった。

「流し込め」

フェルナン卿の容赦ない命令に、白ワインが注がれた。飲み込まず外へ流そうと画策するライモンドの喉に、血の付いた短剣が触れる。

「そんなに嫌なら、喉を裂いて流し込んでもいいんだぞ？」

いっそ優しく聞こえるほど、穏やかな口調と笑みでフェルナン卿が迫る。

ごくりと……喉は一度動いたら止まらなかった。触れた短剣の刃が肌を傷つけるが、誰も同情などしない。最後の一口まで、騎士達はきっちり流した。

これが私に対して行われたのね。覚えていないことが幸いだわ。これほど酷い目に遭った記憶でも、私の一部なのよ。そう思えば、奪われた気がして腹立たしい。

捨てるのと、奪われるのでは意味がまったく違った。

げほげほと咳き込む姿に、同情する貴族はいない。

目の前で実際に行われた処罰で、彼らは正しく理解する。これを……権力と体力のある男三人が、抵抗する力のない令嬢に対して実行したと。

本当の意味で実感した。記憶のない私も同じだけれど、傍《はた》から見ればこれほど酷い状態だったなんて。

理性のある人のすることではないわ。たとえ王太子の命令であっても、断るべきだった。王家の名フェリノスを受け継ぐ立場なら、なおさらよ。

「縛り上げろ、それから吐かせるなよ」

「はっ！」

声を揃えて敬礼する騎士達は、ライモンドが吐き戻さないよう顎を固定する。無理やり上を向かせ、抵抗を物理的に封じた。

隣のマルコはガタガタと大きく震え、セルジョに至っては失禁する有様だった。記憶はないけれど、私だって失禁はしていないはずよ。そんなに怖いくせに、どうして無力な私に対して行えたのか。

彼らの想像力の欠如と頭の悪さに、溜め息が漏れた。

「時間は限られています。次に行きましょう」

フェルナン卿は、怯える姿に同情を見せなかった。それどころか、家畜を処理するように淡々と動く。もしかして、王太子に命じられた彼らも、こんな感じだったの？　相手を人と思わず、ただ命令に従ったのかしら。

「アリーチェ、誤解するでないぞ。フェルナンは戦場の最前線にいた男だ。残酷な方法で処刑される味方を見送ったことも、生き残れない仲間の介錯《かいしゃく》をしたこともある」

クラリーチェ様はそこで言葉を詰まらせた。おそらく、伯母様も似たような経験をなさったのだわ。そう察して、膝の上の手を握った。

視線を合わせる彼女に、首を横に振る。それ以上の説明は不要です、と示した。痛みを知るからこそ、敵に対して容赦をしない。それは戦場の習わしなのでしょう。戦場の残酷さに苦しんだ人だから、私への暴挙に本気で怒っている。

「素直に口を開けたほうが楽です」

マルコも歯を食いしばり抵抗した。同じように口を無理やり開かせるのかと思ったけれど、彼は別の方法を取った。手にした短剣の血を丁寧に拭って鞘に戻し、ぐっと拳を握る。そのまま躊躇せず、勢いよく顔を殴った。

呻き声を漏らす口の隙間に、指を入れる。革手袋の指を噛もうとしたマルコより早く、こじ開けた隙間へ布が押し込まれた。閉じられない口は、急速に水分を奪われる。乾いた布だから当然よね。

ごくりと喉が動くのを確認したフェルナン卿が、布を半分ほど引き出した。隙間に赤ワインを流す。乾いた布に水気を奪われた喉は、ごくりと動いた。二口目を拒もうとするマルコだが、顎の関節を強く掴まれて抵抗できない。

殴って揺らしたのは、顎ではなく脳のほうだったのね。お父様が適切な解説をしてくれたので、頷きながら見守った。クラリーチェ様は眉根を寄せ「時間をかけすぎだ」とぼやく。

「ぐあぁ、死ぬっ！　嫌だ」

空を仰いだ姿勢で、吐かないよう押さえつけられる。飲み干した赤ワインのグラスが、暴れる彼の足に当たって割れた。

失禁したセルジョは、どうやら意識を手放したらしい。口から泡を吹いていた。私からは騎士の体で見えないけれど、白目をむいているとか。そんなに怖いくせに、誰かにその恐怖を押しつけることは平気なのね。

人間のクズだわ。

「気を失うとは情けない」

お父様が吐き捨てる。その言葉に滲む「軟弱者が」という響きに、憎しみが混じっていた。

頬を叩いて起こすのではなく、そのまま飲ませるみたい。

口を閉じられないよう、棒を口に入れる。あれ、なんの棒かしら。木製のようだけれど。棒で開いた口に、最後の赤ワインが少量。咳き込んだ喉から、赤ワインが逆流する。けれど上向きで固定された喉へ再び流れ込んだ。

「飲まないと窒息しますよ」

涙を流しながら赤ワインを飲む。喉を動かさねば呼吸ができない。鼻で呼吸しようにも、咳き込んだばかりの喉は貪欲だ。何かが触れるたび、傷んだ喉を潤すことを求めた。

全員に飲ませ終わり、クラリーチェ様は扇を開いて閉じ、ぱちんと音をさせた。じっと見守る貴族達へ、美しい笑みを浮かべて語りかける。

「罪人には、犯した罪と同等の罰を。償いは同等以上の重さを以て。これがロベルディの法だ」

ライモンドの肌がぶわっと赤くなる。ワインの酒精によるものではなく、明らかに異常な発疹だった。痒いのか、押さえつける騎士を振り解こうとする。

合図を受けて、騎士達が三人を床に下ろした。

真っ赤になった肌は膨れていき、爛れて醜くなっていく。ライモンドの隣で、マルコは青ざめていた。対照的な顔色でブルブルと震える。体内を食い荒らされるような激痛で叫ぶも、口内の布に吸い込まれた。転がって激痛を訴える。

セルジョは肌が赤黒く染まり、大粒の水膨れができていた。爪の大きさに近いそれを、床に擦りつける。痒いのか、痛いのか。どちらにしろ潰れるたびに痛むらしく、痙攣しながら転がった。

三者三様、全員違う毒を使ったので症状も違う。これで致死量ではないというのだから、毒は本当に恐ろしい武器だわ。

私は幸い死なずに済んだ。外見も大きな傷跡が残らなかったのも、運が良かったのね。顔が腫れて戻らない可能性もあったと想像するだけで、背に寒気が走った。

「毒を盛られる恐怖と痛みを味わいながらも、毒で死ぬことは許されない。これがあなた方への罰です」

フェルナン卿の言葉は、彼らに届いていないだろう。お父様もクラリーチェ様も、うっすらと笑みを浮かべていた。二人を怖いと思う反面、私の口角も持ち上がっているでしょうね。

ロザーリオは気遣う視線を向けるけれど、私はまったく平気だった。お父様や伯母様の血を引いているから？　同情する気持ちはなかった。記憶がない分だけ、揺さぶられる感情が薄いのかもしれないわ。

サーラがそっとハンカチを差し出した。遠慮なく借りて、口元を隠す。伯母様の扇を見習って、今後のために私も用意したほうが良さそうね。

私はロベルディの王族の血を引く公爵令嬢で、現在は断罪する国王派のトップとなった父の娘よ。目を背けることはしない。無駄な同情もしない。

この国は戴《いただ》く王を間違えた。正していく過程で、過去の過ちと膿をすべて絞り出す必要があるだろう。

私を不当に貶めて記憶を奪った者達は、震えて順番を待つといいわ。

《了》

あとがき

はじめましての方も、再びのご挨拶になった方も。お手に取っていただき、深く御礼申し上げます。作者の綾雅（りょうが）でございます。

記憶喪失から始まる物語はいかがでしたか？

一年と少し前まで必死で追いかけた物語が形となり、感無量です。

記憶をなくす主人公はよくいますが、最初から何も覚えていないヒロインは初めてで。何をするにも「わからない」「知らないわ」を繰り返すアリーチェに、苦慮したことが懐かしく思い出されます。

一つずつ、手探りで記憶の欠片を拾い集め、パズルのように組み立てる。過去に書いたことがない複雑な形式となり、読んでいただく方にドキドキを提供できるのでは？　と安易に考えた自分を何度罵ったことか。それでも楽しく、毎日アリーチェの世界を覗き、話しかけては小説に書き起こす日々でした。

強く美しいクラリーチェ伯母様が登場してから急展開が続き「きゃー、伯母様素敵！」と丸投げさせてもらったのも懐かしいですね。ハッピーエンドのタグをつけたのに、まさかのバッドエンドへ向かおうとするアリーチェに焦り、「そっちじゃない、こっち！」と叫んだことも。

記憶がなく不安定な主人公の安心できる相手、ここを判断するところから始めました。心細い中、最良の選択を続けてくれたと思います。

可愛い子に旅をさせるどころか、谷底に突き飛ばす系の作者です。主人公も運が悪かったとしか言えませんね。ＷＥＢ連載時の雰囲気を残しつつも、将来の夫との会話や絡みを増やしました。アリーチェには許してもらえたかしら。

執筆活動を支えてくれる家族、可愛い愛猫様、この作品を見初めてくださった編集部の皆様に大きな感謝を！　表紙や挿絵でお世話になりますきのこ姫様、裏方として動いておられる関係者の方々にも、心からの御礼を！

後編もお手に取ってもらえるよう、全力で頑張ってまいります。応援よろしくお願いいたします。

綾雅（りょうが）

BRAVENOVEL
ブレイブ文庫

私だけが知らない 1

2025年3月25日　初版発行

著　者　　綾雅

発行人　　山崎　篤

発行・発売　株式会社一二三書房
〒101-0003 東京都千代田区一ツ橋2-4-3
光文恒産ビル
03-3265-1881

印刷所　　中央精版印刷株式会社

■作品の感想、ファンレターをお待ちしております。

■本書の不良・交換については、メールにてご連絡ください。
株式会社一二三書房　カスタマー担当
メールアドレス：support@hifumi.co.jp

■古書店で本書を購入されている場合はお取替えできません。

■価格はカバーに表示されています。

■本書は小説投稿サイト「小説家になろう」(https://syosetu.com/)に掲載された作品を加筆修正し書籍化したものです。

ISBN 978-4-8242-0405-9 C0193